EL SIGNO DEL CASTOR

ELIZABETH GEORGE SPEARE nació en Nueva Inglaterra y allí vivió durante muchos años hasta que se trasladó a Easton, Connecticut (Estados Unidos) donde reside en la actualidad. Le gusta escribir e investigar sobre el pasado colonial norteamericano. Sus novelas históricas se caracterizan por su minuciosa documentación y por la excelente trama de la ficción. Dos de sus libros han conseguido la medalla Newbery, el premio más importante que se concede en Estados Unidos a una obra de literatura juvenil.

JUAN ACOSTA nació en Mar del Plata (Argentina). Fundamentalmente es pintor, aunque también es profesor de dibujo, grabado y escultura. Vive en Madrid desde 1982 y trabaja ilustrando libros, tanto para editoriales españolas como extranjeras. Ha expuesto su obra en muestras individuales y colectivas.
Le gusta la gastronomía, el fútbol y pasear con Foxter, un pastor alemán que es su compañero inseparable.

Elizabeth George Speare

EL SIGNO DEL CASTOR

Traducción de Guillermo Solana Alonso

4
vientos

EDITORIAL NOGUER, S.A.
Barcelona-Madrid

Título original
The Sign of the Beaver

© 1983, by Elizabeth George Speare
© 1989, Editorial Noguer, S.A.
Santa Amelia 22, Barcelona
Reservados todos los derechos
ISBN: 84-279-3188-3

Traducción: Guillermo Solana Alonso
Cubierta e ilustraciones: Juan Acosta

Sexta edición: julio 2000

Impreso en España - Printed in Spain
Limpergraf, S.L., Ripollet
Depósito legal: B - 24419 - 2000

CAPÍTULO UNO

Matt permaneció un buen rato en el borde del calvero después de que su padre se perdió de vista entre los árboles. Quedaba tan sólo una posibilidad de que su padre volviera, de que quizá hubiese olvidado algo o de que quisiera darle el último consejo. Matt se dijo a sí mismo que en esta ocasión no le importaría escuchar el consejo, por muchas que hubiesen sido las veces que lo había oído. Pero por fin hubo de admitir que nada sucedería. Su padre se había ido verdaderamente. Se hallaba solo, en una comarca por la que en cualquier dirección se extendían kilómetros y kilómetros de territorio deshabitado.

Se volvió y contempló la cabaña de troncos. Era una casa excelente; su madre no tendría motivo para sentirse avergonzada de tal morada. Matt había contribuido a cada detalle de su construcción. Había ayudado a cortar los abetos, a arrastrarlos, a escuadrarlos y a escoplearlos. Había alzado cada tronco por un extremo, uno encima de otro, encajando las muescas tan ajustadamente como si hubiesen crecido así. Había subido al tejado para sujetar las tablas de cedro con largas pértigas y recogido acículas de pino con que cubrirlas. Tras la cabaña se extendían los surcos del mai-

5

zal que ayudó a plantar y en donde se alzaban ya las verdes hojas mientras que entre los tocones de los árboles asomaban las enredaderas de las calabazas.

¡Si al menos no fuera tan profundo el silencio! Sabía lo que era estar solo. Su padre iba con frecuencia a cazar al bosque durante horas que se le hacían interminables. Incluso cuando estaba allí no era muy hablador. A veces habían trabajado uno al lado del otro durante toda una mañana sin que entre ellos se cruzara una sola palabra. Pero este silencio era diferente. Envolvía a Matt y le llegaba hasta el estómago formando un nudo allí.

Sabía que su padre había dado el paso decisivo, parte del plan que la familia forjó durante el largo invierno de 1768, a la luz de una lámpara y en torno a una mesa de pino, allá en Massachusetts. Su padre extendió el mapa del agrimesor y señaló las lindes de la tierra que había comprado en el territorio de Maine. Serían los primeros colonos de un nuevo poblado. En primavera, cuando llegase el deshielo, Matt y su padre se dirigirían hacia el Norte. Subirían a un barco que les conduciría hasta la desembocadura del río Penobscot. Allí hallarían a un hombre con una embarcación que les llevaría río arriba y luego, por un afluente, a muchos días de distancia del poblado de la costa. Finalmente echarían pie a tierra en el bosque y se posesionarían de su propia tierra. Despejarían un espacio de terreno, construirían una cabaña y plantarían maíz. Cuando llegase el verano su padre retornaría a Massachusetts para recoger a su madre, a su hermana y al nuevo bebé que habría nacido en su ausencia. Matt se quedaría guardando la cabaña y el maizal.

No fue tan fácil como se les antojaba en su casa de Quincy. Matt hubo de acostumbrarse a dormir cada noche sintiendo el dolor de todos los músculos de su cuerpo. Pero la cabaña de troncos estaba terminada. Sólo disponía de una habitación. Antes de que llegara el invierno le añadirían un desván para que durmiese su hermana y él. En el interior había baldas a lo largo de una pared y una sólida mesa de madera con dos escabeles. Uno de estos días, le prometió su padre, abriría una ventana y la cubriría con papel aceitado para que dejara pasar la luz. Algún día el papel sería reemplazado por auténtico vidrio. Contra la pared se alzaba una chimenea de troncos más pequeños, revestidos con arcilla del arroyo. Pero también era provisional. Una y otra vez su padre le había dicho que no resultaba tan segura como una chimenea de piedra y que habría de tener cuidado con las chispas que saltaran. No tenía por qué sentir temor. Con todo el esfuerzo que le había costado la construcción de la cabaña, Matt no estaba dispuesto a que ardiera en su presencia.

—Seis semanas —le había dicho su padre aquella mañana—. Quizá siete. Es difícil decirlo exactamente. Con tu madre y con tu hermana tendremos que ir despacio, sobre todo por el recién nacido.

—Es posible que pierdas la cuenta de las semanas —añadió—. Es muy corriente cuando uno está solo. Lo mejor será que hagas muescas en un palo, siete muescas por palo. Cuando llegues al séptimo palo comienza a aguardarnos.

«Qué cosa tan tonta», pensó Matt, «como si no pudiera contar las semanas». Pero no quiso discutir sobre eso, ya que era la última mañana.

Entonces su padre tendió la mano hacia una grieta en la pared de troncos y extrajo la deteriorada lata de estaño en donde guardaba su reloj, su brújula y unas cuantas monedas de plata.

—Cada vez que hagas una muesca —le dijo— acuérdate de darle cuerda al mismo tiempo.

Matt tomó en su mano el reloj con el mismo cuidado que si se tratara del huevo de un pájaro.

—¿Vas a dejarlo, papá? —le preguntó.

—Fue de tu abuelo. Más pronto o más tarde hubiera sido tuyo. Muy bien puede ser ahora.

—¿Quieres decir que... ya es mío?

—Sí; es tuyo. Te hará compañía con su tic-tac.

El nudo que sentía Matt en la garganta parecía tan grande como el reloj. Era el objeto más costoso que su padre había poseído nunca.

—Lo cuidaré —consiguió decir al fin.

—Sé que lo harás. Pero no fuerces la cuerda. Podrías saltarla.

Luego, justo antes de partir, su padre le entregó un segundo regalo. Al evocarlo, Matt regresó a la cabaña y alzó los ojos hacia el fusil de su padre que colgaba de dos clavijas afirmadas sobre la puerta.

—Yo me llevaré tu viejo trabuco —declaró su padre—. Con éste conseguirás mejor puntería. Pero, atención, no vayas por ahí disparando a todo lo que se mueva. Aguarda hasta que estés seguro de acertar. Hay pólvora suficiente, si no la derrochas.

Fue el primer indicio que reveló su padre acerca de la inquietud que le producía dejar solo a Matt. Ahora Matt deseaba haber podido decir algo que tranquilizara a su padre en vez de haberse quedado allí sin saber qué añadir. Pero estaba seguro de que, de volver a tener la oportunidad, no lo haría mejor. La suya no era una familia de gentes capaces de expresarse con soltura.

Tendió la mano y recogió el fusil. Era más ligero que su trabuco, el que ahora se había llevado su padre. Un arma espléndida, con culata de nogal tan pulida y brillante como el vestido de seda de su madre. Un poco larga, pero estaba bien equilibrada. Con tal arma no derrocharía la pólvora. Por eso nada perdería con hacer un disparo ahora mismo, simplemente para probarla...

Sabía que su padre conservaba siempre el fusil tan limpio como una cuchara nueva. Pero como le gustaba mani-

8

pularlo, Matt hurgó en el oído de la recámara con la baqueta. Vertió un poco de pólvora negra del cuerno y luego sacó una bala de plomo de la bolsa, la envolvió en un pedacito de lienzo y con la baqueta la introdujo en el cañón. Mientras se afanaba, silbaba con fuerza en medio de aquel silencio. Así lograba que se aflojara un tanto el nudo de su estómago.

Cuando se internó en el bosque un arrendajo lanzó un chillido de alarma. Tuvo, por tanto, que aguardar algún tiempo hasta llegar a algo sobre lo que disparar. Era una ardilla roja encogida sobre una rama y con la cola enhiesta hasta más arriba de sus orejas. Alzó el fusil, apuntó, recordando el consejo de su padre, por lo que aguardó hasta hallarse seguro por completo.

La sensación del disparo le encantó. No le tiraba hacia atrás como su viejo trabuco. Aun así, todavía no dominaba el arma. Alcanzó a distinguir el extremo de la cola cuando la ardilla desapareció sobre una rama superior. «Hubiera podido hacerlo mejor con mi viejo trabuco», pensó. Aquel fusil de su padre requería un cierto tiempo hasta acostumbrarse a su manejo.

Regresó entristecido a la cabaña. Para almorzar, comió de mala gana un poco de la torta de maíz tostado que su padre había cocido por la mañana. Empezaba a comprender que el tiempo iba a pasar lentamente. Tendría que transcurrir toda una tarde antes de que pudiera hacer la primera muesca.

Siete palos. Eso caería en agosto. Su cumpleaños era antes. Supuso que, con tantas cosas en qué pensar, se le había olvidado a su padre. Para cuando su familia estuviese allí, él tendría trece años.

CAPÍTULO DOS

A la mañana siguiente le había desaparecido el nudo en el estómago. A la otra, Matt decidió que resultaba agradable vivir solo. Disfrutó al pensar que tenía ante sí un día en que podría ocuparse de lo que se le antojara. Podría dedicarse a las faenas habituales sin tener que escuchar consejo alguno sobre la forma de llevarlas a cabo. ¿Cómo se le había ocurrido imaginar que el tiempo transcurriría lentamente? A medida que pasaban los días marcaba en su palo una muesca tras otra, y Matt descubrió que no había nunca tiempo suficiente para todo lo que había que hacer entre el amanecer y el ocaso.

Aunque la cabaña estaba terminada, su padre le había encargado la inacabable tarea de rellenar los espacios entre los troncos con arcilla de la orilla del arroyo. Al borde del calvero había árboles que cortar para que llegara más sol al maizal, y también tenía que evitar que la maleza volviera a ocupar el terreno despejado. Toda esta tarea proporcionaba mucha leña que había que cortar y apilar contra el muro de la cabaña.

Para poder cocinar una o dos veces por jornada, tenía que mantener el fuego encendido. En dos ocasiones durante los primeros días se había despertado hallando frías las cenizas. Allá en su casa de Quincy, si el fuego del hogar se extinguía, su madre enviaba a Sarah o a él con una pala a pedir prestado un carbón encendido a un vecino. Aquí no había vecinos. Tenía que reunir ramitas, formar una cama de cortezas hendidas de cedro y luego hacer que brotaran chispas del pedernal y soplar hasta lograr que prendiera una llama. Un hombre podía llegar a sentir hambre antes de haber logrado transformar la chispa en fuego con el que preparar su comida.

El maizal requería cuidados constantes. En estos días cálidos y soleados, cada gota de agua que recibían las plantas tenía que ser traída del arroyo en un caldero y no había medio de regar el maíz y privar de agua a las malas hierbas a un tiempo. Cuantos más hierbajos quitaba, más surgían. Le atosigaban los cuervos, siempre volando alrededor. Una docena de veces al día se lanzaba a la carrera contra ellos, gritando y agitando los brazos. Echaban a volar perezosamente y aguardaban en la copa de un árbol hasta que volvía la espalda. No se atrevía a gastar en ellos su preciada pólvora. Por la noche, los animales salvajes mordisqueaban las puntas de los verdes brotes. Una vez se pasó toda la noche sentado con el fusil en las rodillas y ahuyentando a los mosquitos. Cuando llegó se metió en la cabaña y durmió durante la mitad del día. Esa vez fue la segunda ocasión en que dejó apagarse el fuego.

Le parecía que sentía un hambre como jamás había tenido en su vida. El nivel del tonel de harina descendía tan rápidamente como cuando eran dos a comer. Dependía de su fusil para llenar el estómago. Aun se enorgullecía de tal arma, pero ya no la temía. Con el fusil colgado del hombro se internaba seguro de sí mismo por el bosque, aventurándose más cada día y confiado en traer a la cabaña para la cena un pato o un conejo. Con objeto de cambiar de dieta en ocasiones tomaba su caña y seguía el caprichoso curso del riachuelo o caminaba por el sendero abierto por su padre hasta llegar a una charca situada a cierta distancia. En un abrir y cerrar de ojos era capaz de conseguir todos los peces que pudiera comer. En dos ocasiones había distinguido a un ciervo entre los árboles, justo fuera del alcance de su fusil. Uno de estos días, se prometió, lograría una pieza como esa.

Era una buena vida, con tan sólo unas cuantas y pequeñas molestias zumbando como mosquitos dentro de su cabeza. Una de éstas consistía en pensar en los indios. Y no es que les temiera. Los propietarios habían asegurado a su padre que el nuevo poblado estaría seguro. Desde el último tratado con las tribus no se había registrado un solo ataque en esta parte de Maine. Aun así no era posible olvidar aquellos horribles relatos. Y sencillamente no le agradaba la sensación que a veces tenía de que alguien estaba observándole. No podría demostrarlo. Jamás consiguió ver nada más que una rápida sombra que podía ser la de una rama al moverse. Pero no lograba desembarzarse de la impresión de que allí había alguien.

Uno de esos consejos que su padre le había dado con tanto ahínco se refería a los indios. «No te molestarán —le dijo—, la mayoría han partido para el Canadá. Los que se han quedado no quieren causar dificultades. Pero los indios cuidan mucho de la cortesía. Si encuentras a alguno, háblale como le hablarías al pastor de nuestra parroquia.»

Matt había visto a su padre seguir su propio consejo. Una vez, que se hallaban lejos de la cabaña, vieron a lo lejos una figura solitaria y de piel oscura. Los dos hombres se saludaron gravemente con una inclinación de cabeza y alzaron una mano, como si fuesen dos diáconos que se cruzaran en la plaza del pueblo. ¿Pero cómo podía mostrarse uno respetuoso con una sombra que ni siquiera se dejaba ver? Aquello ponía nervioso a Matt.

Se había acostumbrado al silencio. En realidad, ahora

sabía que el bosque rara vez calla. Cuando lo recorría, caminaba acompañado del gorjeo de las aves, del parloteo de las ardillas y de los zumbidos y chirridos de millares de moletos insectos. Por la noche era ya capaz de identificar los extraños sonidos que antes solían alamarle. El gruñido de un puercoespín hozando en el huerto. El estruendoso graznido del búho de Virginia. Los chillidos de algunos pequeños animales escondidos en el bosque. O el largo y tremulo grito del colimbo allá en la lejana charca. La primera vez que los oyó, pensó que se trataba del aullido de un lobo. Ahora le agradaba escucharlo. Por melancólico que fuese, era el grito de otro ser vivo. Matt acomodaba entonces su hombro sobre la cabeza para protegerse de los mosquitos y se quedaba dormido, plenamente complacido con su mundo.

Sin embargo, le hubiese agradado tener a alguien con quien hablar de vez en cuando. No había contado con que llegaría a echar de menos aquello. Durante buena parte del día gustaba de hallarse solo, recorriendo el bosque o sentado a la orilla del riachuelo con su caña de pescar. En eso era como su padre. Pero había ocasiones en que tenía pensamientos que le hubiese gustado compartir con alguien. Con cualquiera. Incluso con su hermana Sarah, aunque en casa jamás le había prestado demasiada atención.

Así que no se mostró tan perspicaz como hubiera debido cuando, inesperadamente, apareció alguien.

CAPÍTULO TRES

Se hallaba sentado sobre la laja que servía de escalón en la puerta, aguardando a que se hiciera su cena. El sol, ya próximo al ocaso, tendía largas franjas amarillas sobre el calvero. Más allá, el bosque estaba ya envuelto en las sombras. Matt se sentía satisfecho con el día transcurrido. Por la mañana había cobrado un conejo. Lo desolló con cuidado y después estiró la piel contra los troncos de la cabaña para que se secara. En la olla que tenía puesta al fuego se cocían ahora pedazos de carne y su excelente olor escapaba por la puerta y le hacía la boca agua.

Entre la penumbra de los árboles se movió una sombra más oscura. Esta vez no desapareció, sino que resueltamente se aproximaba. Pudo percibir el chasquido de las ramitas bajo unas pesadas botas. Matt se puso en pie.

—¡Papá!

No hubo respuesta. Desde luego no se trataba de su padre. No podía ser. ¿Un indio? Matt sintió un estremecimiento de alarma en el espinazo. Aguardó en pie, tensos los músculos.

El hombre que salió del bosque no era un indio. Corpulento, el exceso de grasa tensaba su andrajosa casaca azul del Ejército. Su rostro era casi invisible tras una enmaraña-

14

da y rojiza barba. Cuando hubo recorrido la mitad del calvero se detuvo.

—¡Hola! —dijo alegremente.

—Hola —replicó Matt inseguro. ¿Era éste alguien al que
debería saludarse como si fuese un diácono?

El desconocido se acercó aun más, de tal modo que Matt
pudo distinguir los ojillos azules que brillaban en su cara
curtida por la intermperie. El hombre se detuvo, con deli-
berada parsimonia, observando la cabaña y el maizal.

—Tienes un bonito cobijo.

Nada repuso Matt.

El hombre escrutó con curiosidad, por encima de los
hombros de Matt, a través de la puerta abierta. Podía ver
fácilmente que la cabaña se hallaba vacía.

—¿Estás solo aquí?

Matt titubeó.

—Acaba de marcharse mi padre.

—¿Volverá pronto?

A Matt le sorprendió su propia desgana al responder. Debería haberle agradado ver a alguien después de la soledad de todos esos días, pero por algún motivo no era así. No supo por qué se descubrió mintiendo.

—En cualquier momento —repuso—. Fue al río a recoger unos suministros. Es posible que regrese esta noche. Cuando le vi llegar pensé que era él.

—Creí que te había sorprendido. Me parece que no tendréis aquí mucha compañía.

—No; no la tenemos —replicó Matt.

—Entonces tu padre no rechazará a un visitante. ¿No te parece? —preguntó el hombre—. Tal vez incluso me invitarás a que me quede a cenar. Percibí el olorcillo a media milla de aquí.

Matt recordó sus buenos modales. La sonrisa cordial del hombre comenzaba a disipar algunas de sus dudas.

—Pues claro —dijo—. Pase..., señor.

El hombre resopló.

—Me llamó Ben —declaró—. Quizá hayas oído hablar de mí en el poblado del río.

—No estuvimos mucho tiempo en el poblado —repuso Matt. Se apresuró a encender una vela. El desconocido, tras franquear la entrada, examinó atentamente hasta el más insignificante detalle de la pequeña estancia.

—Tu padre sabe cómo hacer una buena y sólida cabaña —le dijo—. ¿Pensáis instalaros aquí definitivamente?

—Estas tierras son nuestras —respondió Matt. A la luz de la vela la habitación parecía cómoda y hogareña, algo de qué sentirse orgulloso al mostrarla a un desconocido—. Mi madre y mi hermana vendrán pronto.

—Cada vez llega más gente —manifestó el hombre—. Hubo un tiempo en que podías caminar durante un mes sin ver jamás una chimenea. Ahora hay poblados por todas partes junto al río.

Su mirada se detuvo en el fusil que colgaba sobre la puerta. Dejó escapar un lento y prolongado silbido de admiración y se acercó para pasar una mano sobre la culata.

—Espléndida arma —afirmó—. Vale un buen montón de pieles de castor.

—Mi padre no la vendería —replicó concisamente Matt.

Se afanaba ahora por hacer los honores de la casa al desconocido. Tomó una buena porción de harina, la mezcló con agua y después trabajó la masa en una tabla, acercándola luego al fuego para que cociera. Colocó sobre la mesa dos cuencos y dos cucharas de estaño. Vertió más tarde melaza en un plato del mismo material. Después sirvió el guisado bien caliente en los cuencos.

A juzgar por la rapidez con que despachó su parte, cabía suponer que el desconocido no había comido en mucho tiempo. Matt se reservó para sí una porción muy pequeña. Observó como aquel hombre daba buena cuenta hasta de la última miga de la torta de maíz tras mojarla en la melaza. Finalmente Ben echó hacia atrás su escabel y pasó el dorso de la mano por su barba.

—Qué bien me supo, hijo. Excelente. ¿No podrías darme un poco de tabaco?

—Los siento —respondió Matt—. Mi padre no tiene.

—Lástima. Qué le vamos a hacer.

En el sosegado silencio que siguió, Matt decidió preguntarle:

—¿Se dirige usted al río?

Ben tornó a resoplar.

—No es probable. Me mantendré tan lejos como pueda del río hasta que se calmen las cosas.

Matt aguardó.

—A decir verdad, salí del poblado muy a tiempo. No había nada que pudieran probarme, pero, desde luego, iban contra mí. Así que me dije, Ben, llevas algún tiempo pensando en hacerte con algunas pieles de castor. Pues parece que ha llegado el momento. He decidido instalarme una temporada con los pieles rojas y luego quizá me vaya al Norte.

—¿Quiere usted decir que va a vivir con los indios?

—Hay cosas peores. Yo puedo dormir en cualquier parte.

Y, desde luego, parecía que, invitado o no, Ben había decidido quedarse a dormir en la cabaña. Abandonó el escabel y se tendió en el suelo, apoyando en el muro los hombros. Extrajo de su bolsillo una sucia pipa de carozo de panoja y la observó con tristeza.

—Lástima. —dijo de nuevo—. Una cena como ésta necesita tabaco para asentarse bien.

Dejó a un lado la pipa y cambió de postura su corpachón contra la pared.

—Cuando yo no era mucho mayor que tú eres ahora —dijo calmosamente, bien nutrido y dispuesto a hablar— pasaba todo el invierno en compañía de los pieles rojas. Cazaba y tendía trampas con ellos. Resultaba fácil entender su jerga. Todavía la recuerdo bastante. Pero este país ya no es lo que era. Hay que ir al Oeste, hasta Ohio quizá, para obtener buenas presas.

—Todavía cazan aquí los indios. ¿No es cierto? —preguntó Matt.

—Esta comarca está ya casi despoblada de indios —declaró Ben—. Los que sobrevivieron a la guerra, murieron de enfermedad. Muchos se fueron al Canadá. Los que quedan, se mantienen como pueden porque escasea la caza.

—¿Y en dónde viven?

—Por ahí —Ben señaló vagamente hacia el bosque—. Acampan por cierto tiempo y luego se marchan. Los *Penobscots* son como lapas, jamás ceden. Todavía siguen cazando y tendiendo trampas. No hay nada que les detenga. Nunca les entró en la cabeza que esta tierra ya no es suya. ¿No has visto a ninguno?

—Mi padre encontró una vez a uno. ¿Hablan inglés?

—Lo suficiente para decir lo que quieren. Lo aprenden de los traficantes. Cuando reúnen pieles, las llevan a los poblados. Y saben regatear. Tendrás que aprender a tratar con ellos. Si no les has visto hasta ahora —prosiguió— es porque poseen el sentido común suficiente para escapar de esta zona cuando pican los insectos. Se marchan todos hasta la costa a recoger almejas. Ahora estarán en camino. Allí pasan todo el verano y luego parten de cacería cuando llega el otoño.

—¡Qué cacerías! —recordó—. Ya no son como eran. Entonces no tenían más que arcos y flechas. Aun los emplean algunos si no son capaces de hacerse con un fusil. Eso me pasaba a mí y logré ser tan diestro como ellos. Ahora supongo que no sería capaz de atinar a la puerta de un granero.

Ben arrastraba cada vez más las palabras por obra de la digestión y del sueño. Habló de las grandes cacerías de alces de la época en que vivía con los indios. Había peleado en la reciente guerra contra los franceses y les despreciaba por haber azuzado a los indios contra los poblados de Maine. A juzgar por sus palabras, él solo había acabado con la mitad del Ejército francés. Odiaba especialmente a los jesuitas, que habían instigado a los pieles rojas, y una vez formó parte de una expedición que irrumpió en una capilla y destrozó los ídolos papistas. En otra ocasión fue capturado por los terribles iroqueses que se dispusieron a torturarle. Pero demostró ser más listo que ellos y se escapó por la noche. Mientras le escuchaba, Matt no daba crédito a sus palabras. Oyéndole hablar, había sido una especie de matagigantes, pero realmente no tenía aspecto de tal. Indudablemente, sus últimos tiempos tenían que haber sido difíciles. Aun así, todavía era capaz de contar una buena historia.

La voz de aquel hombre se apagaba cada vez más al tiempo que su cuerpo se aproximaba al suelo. Acabó por quedar tendido cuan largo era y roncando. Estaba bien claro que podía dormir en cualquier parte. Al menos no había ocupado el catre de Matt.

Matt puso todo en orden silenciosamente, aunque dudaba de que nada pudiera molestar a su invitado. Limpió los cuencos con una escobilla de verdascas. Luego rodeó el fuego de ceniza. Finalmente se tendió sobre su colchón de acículas de abeto.

Pero no podía dormir. Permaneció echado, mirando hacia el techo de troncos incluso después de extinguirse la última llamita y sumirse la cabaña en la oscuridad. No conseguía dominar la inquietud que le poseía. Jactándose junto al fuego de sus aventuras, Ben se le había antojado simplemente un hombre gordo y viejo, satisfecho con una buena cena. Matt había disfrutado con su compañía. Ahora empezaba a preocuparse. ¿Cuánto tiempo pensaba quedarse Ben? Matt estaba seguro de que pronto averiguaría que se hallaba solo. ¿Decidiría entonces que estaría más cómodamente allí que en una aldea india? Al ritmo con que había engullido la cena, la harina y la melaza no durarían mucho tiempo. ¿Esperaría que Matt siguiera proporcionándole comida y cuidando de él?

¿Y por qué habrá abandonado tan deprisa el poblado del río? ¿Le habrían acusado allí de algo? ¿Era peligroso..., un asesino quizá? Ante aquella idea, Matt se sentó en su catre de pino. Juzgó que lo mejor sería permanecer despierto y en guardia. Pensó a medias en descolgar el fusil de su padre y tenerlo a mano. Entonces se sintió avergonzado. ¿Qué diría su padre acerca de escatimar a un desconocido una cena y el descanso de una noche? Daba igual, estaba resuelto a no cerrar los ojos en toda la noche.

Y los mantuvo abiertos durante largo tiempo, pero de repente salió estremeciéndose de un profundo sueño y vio que la luz del sol se alargaba por el suelo de la cabaña. La puerta estaba abierta y el hombre había desaparecido.

Tal vez sólo había salido afuera. Matt se precipitó hacia la puerta. No había rastros del desconocido. Se sintió inundado por una sensación de alivio. Tantas preocupaciones y ese hombre jamás había pensado en quedarse. Tal vez creyó la mentira aquella de que su padre regresaría por el día. Entonces, una vez más, Matt se sintió avergonzado. Con toda seguridad había dado a entender muy claramente a Ben que no le agradaba su presencia. ¿Diría su padre que había obrado mal?

Aun así era demasiado pronto para estar seguro. Cabía la posibilidad de que en cualquier momento apareciese Ben, impaciente por desayunar. Mejor sería que preparase una nueva torta de maíz.

Fue entonces cuando lo advirtió. El fusil de su padre no colgaba encima de la puerta. Dominado por el pánico, registró la cabaña: su propio catre, las baldas del rincón, bajo la mesa y bajo los escabeles. Tornó corriendo hacia la puerta y llegó a la linde del bosque. Era inútil. No había modo de saber qué dirección había tomado aquel hombre ni cuándo se puso en camino mientras Matt dormía. Ben había desaparecido y se había llevado consigo el fusil.

Debería haberlo retenido en sus manos como le previno su instinto. Ahora se daba cuenta de que aquel individuo decidió apoderarse del arma en cuanto le puso los ojos encima. Pero aunque Matt hubiera guardado el fusil en sus manos ¿qué hubiera podido hacer contra aquellos rollizos brazos? ¿Podría haber disparado al hombre, aunque fuese un delincuente, para conservar el arma?

Sólo más tarde, cuando empezó a calmarse su rabia, experimentó un estremecimiento de miedo. Ahora carecía de protección. Y de medio alguno de conseguir carne. Desazonado por la ira, permaneció contemplando la fila de los palos de las muescas. Aún tenía que transcurrir un mes antes de que su padre regresara. ¡Un mes con nada más que pescado! ¿Y qué diría su padre?

CAPÍTULO CUATRO

Era muy duro verse privado de la caza. Siempre que iba ahora al bosque, las ardillas y los conejos correteaban osadamente, sabiendo perfectamente que no llevaba fusil en las manos. Una vez tuvo la seguridad de que hubiera podido alcanzar certeramente a un ciervo. Pero hubo de resignarse a pescar y sabía que debería agradecer que el riachuelo y la charca le proporcionasen toda la comida que necesitaba, aunque los peces no le llenaban tanto como un buen guiso de carne. De vez en cuando, en algún trecho soleado descubría unas matas de arándanos. Poco a poco recobró el ánimo. El tiempo en julio era perfecto. Ya molestaban menos las moscas y los mosquitos. Empezó a contar los días que faltaban en vez de los transcurridos y señalados con muescas. Dos o tres palos más y su familia estaría allí. El maíz crecía. Las pequeñas y duras calabazas estaban redondeándose. Podría esperar un poco más.

Tal vez se descuidó un poco.

Había estado pescando toda la mañana. Era un día magnífico y despejado. En los tobillos le mordía la frialdad del agua y el sol caldeaba su cabeza desnuda. Había seguido un largo trecho por el riachuelo y logrado buenas presas. Salió silbando del bosque, balanceando cuatro truchas moteadas. Enmudeció de repente cuando oyó un chasquido en la cercana maleza. Entonces se detuvo en seco a la vista de la cabaña. La puerta oscilaba en un ángulo extraño, roto uno de sus goznes. Por el umbral se extendía un polvillo blanco como harina derramada.

Dio un grito, dejó caer los peces y echó a correr. *¡Era harina!* Arrastrado por el suelo de la cabaña, el saco había reventado. Todo estaba revuelto, derribados los escabeles, desnudas las baldas, el preciado barril de melaza, boca abajo contra el suelo, se hallaba vacío.

¡Tenía que ser obra de Ben! Por un momento la furia ahuyentó de su mente toda idea razonable. Luego comprendió que no podía haber sido Ben. Ben era demasiado glotón para desperdiciar la comida. ¿Los indios? No; no era posible que ningún ser humano desperdiciara unos víveres de aquel modo. Abrumado por la pérdida, comprendió lo que había sucedido. Recordó el chasquido en la maleza. Tenía que haber sido un oso. Con toda seguridad aquella mañana se había olvidado de atrancar bien la puerta.

Bueno, el daño ya estaba hecho y para entonces el oso se hallaría a media milla de allí. Irritado por su propia negligencia, permaneció algún tiempo en el centro de la cabaña, incapaz de recobrarse. Luego se puso a gatas y con cuidado empezó a recoger los rastros de harina. Al cabo de un rato renunció a la tarea. No consiguió recuperar más que dos puñados de harina mezclada con arena y escasamente apetitosa, aunque se afanó por rebuscar en todos los huecos del piso de tierra con la mejor de las cucharas de estaño.

Después de largo rato se sintió lo bastante hambriento como para acordarse de los peces. Los limpió de mala gana, avivó el fuego y los asó. Echó por encima de las truchas unos pocos granos de sal que habían quedado en la lata. Tendría que arreglarse como pudiera. No se moriría de hambre mientras tuviese la caña de pescar. Pero al día siguiente comería sin sal.

CAPÍTULO CINCO

Día tras día siguió acordándose de las abejas del árbol. Las descubrieron su padre y él hacía unas semanas. En lo alto de un árbol, en la fangosa orilla de la charca a la que llamaron Charca del Colimbo, las abejas zumbaban al entrar y salir del agujero abierto en otros tiempos por un pájaro carpintero. Matt pensó que eran abejas silvestres, pero su padre le dijo que no, que no hubo abejas de ninguna especie en Norteamérica hasta que las trajeron de Inglaterra los colonos. Este enjambre se habría escapado de alguno de los poblados del río. Su padre declaró también que más valía dejar en paz a las abejas.

Le pareció que apenas podría resistir otra comida sólo de pescado. Anhelaba un poco de algo más sabroso. Conociendo bien lo que le gustaba la melaza, su madre les convenció para que se llevaran el barrilito a Maine, aunque su padre habría prescindido de buena gana de aquella carga. Su madre se hubiera sonreído de haberle visto pasar una y otra vez el dedo por el barril vacío, como si fuera un niño pequeño, y lamer hasta la última gota dejada por el oso. Ahora era incapaz de dejar de pensar en aquella miel. Valdría la pena sufrir uno o dos picotazos con tal de probarla.

No podía correr mucho peligro en subir al árbol y llevarse un poco —una taza quizá que las abejas no echarían de menos. Una mañana se decidió a intentarlo, pasara lo que pasase.

Resultaba fácil trepar a aquel árbol con ramas tan perfectamente dispuestas como los travesaños de una escalera de mano. Las abejas parecieron no reparar en él mientras subía cada vez más arriba. Incluso cuando su cabeza estuvo al nivel del agujero, siguieron volando perezosamente en torno de la colmena sin prestarle atención. El agujero era pequeño; por allí no conseguiría meter la mano y la cuchara que había traído consigo. Atisbando, percibió muy adentro la dorada masa del panal. La corteza en torno del agujero estaba podrida y deshecha. Cautelosamente, acercó sus dedos al borde y dio un leve tirón. Así consiguió desprender un buen pedazo de corteza.

Con el pedazo llegaron las abejas. Comenzaron a salir

zumba.do enfurecidas del agujero. El zumbido se troncó en un rugido como el de un vendaval. Matt sintió un agudo dolor en el cuello y luego otro y otro. Los irritados insectos bullían sobre sus manos y sobre sus brazos desnudos, por su pelo y en su cara.

Jamás supo cómo logró bajar de aquel árbol. ¡Agua! Si pudiera llegar al agua, escaparía de las abejas. Gritando y manoteando, corrió hacia la charca. Las abejas le envolvían. Nada podía ver a través del torbellino que formaban. Sus pies se hundían en el terreno fangoso. Perdió una bota al sacar un pie del barro y, tropezando en las duras raíces, llegó hasta la orilla sin detenerse. Chocó con una rama caída y la rompió con su impulso. Aturdido por el dolor, se hundió en el helado refugio del agua.

Emergió tosiendo. Justo por encima de la superficie zumbaban las abejas. Dos veces más hubo de meter la cabeza y aguantar bajo el agua hasta que sus pulmones parecieron a punto de estallar. Trató de nadar para avanzar charca adentro, pero sus pies estaban trabados por una maraña de hierbajos. Cuando quiso desembarazarse de la vegetación, sintió un agudo dolor en una pierna y tuvo que sumergirse de nuevo mientras manoteaba como un loco.

Entonces alguien le alzó. Su cabeza salió del agua y el aire penetró en sus doloridos pulmones. Sintió unos fuertes brazos en torno a él. Semiinconsciente, soñó que su padre le llevaba y no se preguntó cómo era posible aquello. Luego supo que estaba tendido en un terreno seco. Aunque sus párpados se hallaban casi cerrados de puro hinchados, pudo distinguir dos figuras que se inclinaban sobre él —unas figuras irreales y semidesnudas de caras morenas. Entonces, cuando empezó a recuperar la consciencia, vio que eran indios, un anciano y un chico. Las manos del hombre se tendían hacia su cuello. Presa del pánico, Matt trató de rehuirlas.

—No mover —ordenó una voz grave—. Aguijones abejas tienen veneno. Debe salir.

Matt se hallaba demasiado débil para resistirse. Ni siquiera se sentía capaz de alzar la cabeza. Ahora que había salido del agua, su piel parecía arderle de la cabeza a los pies y, sin embargo, no dejaba de tiritar. Hubo de permanecer tendido y desvalido mientras las manos del hombre se movían sobre su cara, su cuello y su cuerpo. Poco a poco comprendió que eran manos benignas que tocaban y frotaban uno tras otro los sitios en donde había sufrido picaduras. Su pánico empezó a extinguirse.

Aún no podía pensar con claridad. Se le antojaba que las cosas se esfumaban antes de que pudiera entenderlas por completo. No pudo protestar cuando el hombre le alzó de nuevo y le llevó como a un bebé. No parecía importarle a dónde le llevasen, pero poco después se vio tendido en su propia cama y en su propia cabaña. Estaba solo; los indios se habían marchado. Y allí permaneció, demasiado cansado y dolorido para pensar en cómo había llegado hasta allí, sabiendo tan sólo que la pesadilla del enjambre de abejas y del agua que le ahogaba había quedado atrás y que se hallaba a salvo.

Transcurrió algún tiempo. Luego, una vez más, el indio se inclinó sobre él, sosteniendo contra sus labios una cuchara de palo. Tragó lo que le dio, aunque descubrió que no era comida, sino alguna amarga medicina. Le dejó solo de nuevo y esta vez se durmió.

CAPÍTULO SEIS

Matt se despertó al fin y supo que se hallaba bien. Ya no le ardía el cuerpo. Pudo abrir los ojos y vio que los rayos del sol se deslizaban entre los intersticios del tejado. Todas las cosas que le resultaban familiares se hallaban en torno suyo —las baldas con los platos de estaño, su chaqueta colgando de una clavija—. Se sintió como si hubiera realizado un largo viaje y regresado a casa. Debía haber dormido medio día y toda una noche.

Cuando se abrió la puerta de la cabaña y entró el indio, Matt se enderezó al punto. Ahora, tras recobrar la claridad de la visión, pudo advertir que nada había de extraño en aquel hombre. Vestía de un modo no muy diferente al del propio padre de Matt, una casaca de un paño tosco y pardo y polainas con flecos a un costado. Tenía afeitada la cara, al igual que el cráneo, sin más excepción que la de una larga y negra trenza que formaba un moño sobre su cabeza. Cuando vio que Matt se hallaba despierto, su severo rostro se iluminó con una ancha sonrisa.

—Bueno —en parte dijo, en parte gruñó—. Chico blanco muy enfermo. Ahora bien.

Matt recordó el consejo de su padre.

—Buenos días —dijo cortésmente.

El indio señaló con una mano su propio pecho:

—Saknis, familia del castor —declaró y pareció aguardar.

—Yo soy Matthew Hallowell —repuso Matt.

—Bueno. ¿Dejarte aquí hombre blanco?

—Sólo por un tiempo —le explicó Matt—. Ha ido a traer a mi madre.

No pensó en mentir a este anciano como había mentido a Ben. Además, sabía que tenía que decirle algo. Trató de hallar las palabras adecuadas.

—Le estoy muy agradecido —declaró por fin—. Tuve mucha suerte de que usted me encontrara.

—Nosotros vigilar. Chico blanco muy loco por subir al árbol.

Así que había acertado, pensó Matt, cuando sentía que en el bosque le observaba alguien. Estaba seguro de que el indio no le había preguntado en dónde vivía. Le había conducido directamente a la cabaña. Aunque sabía que podía considerarse afortunado por el hecho de que el día anterior hubieran estado observándole, le molestó un tanto ser espiado. De repente puso sus pies en el suelo y dio un respingo cuando sintió en una pierna un agudo dolor.

El indio lo advirtió y, acercándose más, tomó en sus manos el tobillo de Matt y presionó suavemente con sus dedos.

—¿Está roto? —preguntó Matt.

—*Nada*. No roto. Curar pronto. Duerme ahora. No necesitas más medicina.

El indio había puesto algo sobre la mesa al llegar. Cuando se marchó, Matt se acercó cojeando para ver de qué se trataba y halló un cuenco de madera con un guiso espeso y grasiento, sazonado con una extraña planta y que le llenó y le dio nuevas fuerzas. Al lado había una torta de maíz, más basta que las que él hacía, pero deliciosa.

Al día siguiente el indio trajo al chico consigo.

—*Nkweniss*. Tú decir nieto —anunció—. Attean.

Los dos chicos se miraron. Los ojos del muchacho indio eran inexpresivos. A diferencia del anciano, se hallaba desnudo sin más excepción que la de un paño sujeto a la cintura por una cuerda. Pasaba entre sus piernas y colgaba por detrás y por delante como un pequeño delantal. Su pelo negro, espeso y lacio, le caía hasta los hombros.

—¿Quizá Attean mismo invierno que chico blanco? —preguntó el hombre al tiempo que alzaba los diez dedos y luego cuatro más.

—Yo tengo trece —replicó Matt, alzando el correspondiente número de dedos. Al menos, se excusó consigo mismo, eso sería cierto a la semana siguiente.

El muchacho indio no dijo una palabra. Era a todas luces evidente que había sido conducido hasta allí contra su voluntad. Observó lo que había en la cabaña y pareció despreciar todo lo que vio. Hizo que Matt se sintiera como un estúpido, sentado y con la pierna apoyada en un escabel. Luego, afirmándose en la otra pierna se puso en pie.

Entonces advirtió que Saknis le tendía una especie de muleta. Matt hubiese preferido no tener que probarla en aquel momento, a la vista de los dos, pero pudo advertir que eso era lo que el hombre estaba aguardando.Consiguió dar algunos pasos, enfurecido con su propia torpeza. Jamás había imaginado cuán incómodo podía ser una muleta. Además, aunque la cara del chico no había registrado el más leve cambio, Matt se hallaba seguro de que Attean estaba riéndose de él. En los ojos del muchacho había un brillo desagradable.

En cuanto se fueron, se apoderó con ansia de la muleta y pronto pudo desplazarse con paso vivo. Ahora ya se sentía capaz de salir de la cabaña para cuidar del maizal y traer leña.

Lo peor era que sólo tenía una bota. La media de lana del par que le confeccionó su madre estaba desgastándose.

En terreno abrupto se rompió en un abrir y cerrar de ojos.

También reparó en aquello el indio cuando acudió con su nieto a la mañana siguiente.

—No bota —dijo, señalando.

—La perdí —repuso Matt—. Se me quedó en el barro cuando eché a correr.

Una vez más se sintió ridículo bajo la sombría mirada del muchacho indio.

Tres días más tarde, Saknis le trajo un par de mocasines. Eran nuevos y espléndidos, de piel de alce. Oscuros y relucientes de grasa, tenían fuertes cordones, suficientemente largos para sujetar el calzado al tobillo.

—Hacer mujer castor —dijo Saknis—. Mejor que botas hombre blanco. Chico blanco ver.

Matt se despojó de su única bota y se calzó los mocasines. ¡Pues claro que eran mejores! No le oprimían ni le incomodaban. Ligeros como una pluma cuando alzó los pies. No era extraño que los indios no hicieran ruido alguno al caminar por el bosque.

De repente, Matt se sintió avergonzado. Aquel hombre había salvado quizá su vida, le había traído comida y una muleta y ahora esos magníficos mocasines. No bastaba con decirle a cambio y torpemente gracias. Necesitaba darle algo por todo. No dinero. Había unas cuantas monedas de plata en la lata de estaño, pero algo hacía que se sintiera muy seguro de que no podía ofrecer dinero a este orgulloso anciano. Miró en tornó de sí, desesperado. En aquella cabaña no había casi nada que fuese suyo.

Entonces reparó en los dos libros del estante, los únicos que su padre había podido traer hasta aquellos parajes. Uno era la biblia. No se atrevió a desprenderse de la Biblia de su padre. El otro era suyo, el único que había tenido en su vida. *Robinson Crusoe*. Lo había leído una docena de veces y pensó que la idea de separarse de aquel volumen le resultaba dolorosa, pero era lo único que podía darle. Se

31

acercó cojeando al estante, tomó el libro y se lo entregó al indio.

Saknis lo contempló.

—Es para usted —dijo Matt—. Por favor, tómelo.

Saknis alargó la mano y tomó el libro. Lo observó por uno y otro lado, sin que su rostro revelera una señal de complacencia. Luego lo abrió y miró una página. Avergonzado, Matt vio que lo tenía al revés.

No sabía leer. Pues claro que no sabía. Matt debería haberlo imaginado. Había cometido un terrible error y turbado a aquel buen hombre. Una vez oyó que lo único que un indio no podía perdonar jamás era un agravio a su orgullo. Sintió que le ardía la cara.

Pero Saknis no parecía turbado. Su sombría mirada iba del libro al rostro de Matt.

—¿Chico blanco conocer signos? —inquirió.

Matt se sintió sorprendido.

—¿Chico blanco leer lo que hombre blanco escribir aquí?

—Sí —reconoció Matt—. Puedo leerlo.

Durante un largo momento el indio estudió el libro. Luego, curiosamente, brilló en su cara aquella extraña sonrisa del hombre blanco.

—Bueno —gruñó—. Saknis hacer tratado.

—¿Un tratado? —Matt se sentía todavía más sorprendido.

—*Nkwniss* cazar. Traer chico blanco ave y conejo. Chico blanco enseñar Attean signos de hombre blanco.

—¿Quiere decir... que le enseñe a leer?

—Bueno. Chico blanco enseñar Attean lo que decir libro.

Inseguro, Matt apartó los ojos del anciano y los dirigió al muchacho que en pie, escuchaba silencioso. Se sintió deprimido. El desdén en la cara del chico se había tornado en intensa ira.

—¡*Nda!* —la palabra estalló con furia. Era la primera

que Matt le oía proferir. Después, como para sí, masculló una retahíla de términos incomprensibles.

El adusto rostro de su abuelo no se inmutó. No dio muestras de alteración ante el reto del muchacho.

—Attean aprender —dijo—. Hombre blanco llegar más y más a tierra india. Hombre blanco no hacer tratado con pipa. Hombre blanco hacer signos en papel, signos que indio no conocer. Indio poner marca en papel para decir amigo de hombre blanco. Entonces hombre blanco tomar tierra. Decir que indio no poder cazar en tierra. Attean aprender a leer signos de hombre blanco. Attean no entregar terrenos caza.

El chico miraba ceñudo a su abuelo, pero no se atrevió a hablar de nuevo. Hizo un gesto de enfado y salió de la cabaña.

—Bueno —dijo Saknis tranquilamente al tiempo que devolvía el libro a Matt—. Attean venir *seba*... mañana.

CAPÍTULO SIETE

Aun antes de abrir los ojos a la mañana siguiente Matt supo que algo iría mal ese día. Cuando lo recordó, se sentó en el catre, lanzando un gemido. ¡Attean! ¿Por qué se le ocurriría dar un libro a un indio? ¿Cómo era posible que lograse enseñar a leer a un salvaje?

Trató de remontarse a la época en que su madre le enseñó las primeras letras. Evocó con facilidad aquel silabario de tapas pardas que ella sostenía en sus manos. Lo detestaba. Tuvo que aprender las frases cortas que acompañaban a cada letra.

A: Adán cayó
   Y toda la Humanidad pecó.

De nada serviría aquello. A fuer de sincero, ni siquiera ahora se hallaba él totalmente seguro de lo que significaba. Sería perder el tiempo tratar de explicárselo a un pagano. Entonces, por fortuna, se acordó de un libro que enviaron a su hermana, Sarah, desde Inglaterra, con un pequeño grabado para ilustrar cada letra. Nada de cosas complicadas como lo de Adán. Un *arca* para la *A*. Sarah tuvo más suerte que él.

34

Pero carecía de medios para dibujar unas imágenes y en el bosque no había arcas. ¿Qué podía encontrar para una *A* que comprendiera un indio? Observó en torno de sí la cabaña. Pensó en la *tabla* para la *T*. ¿Y qué tal un *ave* para la *A*? Eso serviría. ¿*B*? Cualquier baya del bosque valdría de ejemplo. ¿*D? Dardo* no vendría mal para Attean. Desde luego, antes de llegar a esa letra, ya se habría escapado con la misma celeridad de una flecha.

Dudaba incluso que apareciese Attean. Aun así, mejor sería que se preparara. Removió el fuego, comió un pedazo de torta india de maíz ya fría y se dispuso a organizar su clase. Acercó uno a otro los escabeles y colocó el ejemplar de *Robinson Crusoe* sobre la mesa. Carecía de papel y de tinta. En un rincón encontró una tira de corteza de abedul, cortó un pedazo y aguzó un palo. Entonces se decidió a esperar.

Attean se presentó, balanceando por las orejas un conejo muerto. Lo tiró desdeñosamente sobre la mesa.

—Gracias —dijo Matt—. Qué grande es. No necesitaré nada más durante varios días.

Su cortesía no mereció respuesta alguna.

—Siéntate aquí —le ordenó. Titubeó—. Jamás pensé que tendría que enseñar a leer a alguien. Pero se me ha ocurrido una manera de empezar.

El muchacho se sentó en silencio, tan tieso y rígido como un poste de cedro. Cuando Matt se acomodó en el otro escabel, el desdén del muchacho se tornó más visible. Resultaba evidente que no le agradaba tener tan cerca de sí al chico blanco. Attean no tenía por qué ser tan remilgado, pensó Matt. No olía precisamente a rosas. La grasa que cubría su cuerpo, e incluso su pelo, apestaba toda la cabaña. Había oído que, al parecer, esa grasa servía para ahuyentar a los mosquitos, pero a su juicio resultarían preferibles los insectos a aquel olor. Con el palo trazó una letra en la corteza de abedul.

—Esta es la primera letra —explicó—. *A. A* por *arm* [1].

La repitió varias veces, señalando su propio brazo. Attean mantuvo un silencio tenaz y desdeñoso. Matt apretó la mandíbula. También él podía ser testarudo, decidió. Abrió *Robinson Crusoe.*

—Vamos a ver las aes de esta página —declaró, tratando de controlar su impaciencia. Y señaló—. Ahora muéstrame una.

Attean observó en silencio. Entonces, para sopresa de Matt, puso de mala gana un sucio dedo en una *A.*

—Bueno —dijo Matt, utilizando la palabra que Saknis empleaba tan a menudo—. Busca otra.

De repente, el muchacho rompió su silencio.

—Libro de hombre blanco, estúpido —dijo con acento de burla—. Escribir *brazo, brazo, brazo* por todo el papel.

Extrañado al principio, Matt advirtió su propio error.

—Hay centenares de palabras que empiezan con *A* —le explicó—, o que tienen alguna *A.* Y hay veinticinco letras más en el alfabeto inglés.

Attean hizo un gesto de desprecio.

—¿Cuánto?

—¿Qué quieres decir?

—¿Cuánto Attean aprender signos en libro?

—Hará falta algún tiempo —repuso Matt—. Hay muchísimas palabras largas en este libro.

—¿Una luna?

—¿Un mes? Pues claro que no. Quizá un año.

Con un súbito manotazo, Attean arrojó el libro de la mesa. Antes de que Matt pudiera hablar, había salido de la cabaña y desaparecido de su vista.

«Me parece que éste es el final de las lecciones», se dijo a sí mismo Matt. Y alegremente empezó a desollar el conejo.

[1] Brazo, en inglés.

CAPÍTULO OCHO

A la mañana siguiente lamentaba un tanto que el muchacho no volviera. No hubiera sabido decir si le molestó o se sintió aliviado cuando Attean cruzó por la puerta sin formular el más somero saludo y se sentó ante la mesa.

Matt decidió prescindir del sistema de las iniciales. Por la noche se le había ocurrido un procedimiento mejor.

—Este libro —comenzó a decir— no es un tratado. Es una historia. Acerca de un hombre que naufraga y acaba en una isla desierta. Te leeré algo en voz alta para que lo conozcas.

Abrió *Robinson Crusoe* por la primera página y comenzó a leer.

Nací en el año 1632,
en la ciudad de York...

Se detuvo. De repente recordó cuán aburrida le pareció aquella página en la primera ocasión que trató de leer el libro y cuán a punto estuvo de no seguir leyendo. Sería mejor que se saltara el comienzo y siguiera con la historia si pretendía llamar la atención de Attean.

37

—Te leeré la parte de la borrasca en el mar —dijo.

Había leído el libro tantas veces que sabía en dónde hallar exactamente el pasaje adecuado. Respirando hondo, como si él mismo estuviese pugnando por salvar su vida en el agua, eligió la página en donde Robinson Crusoe se ve lanzado del salvavidas y tragado por el mar:

Nada puede describir la confusión de ideas que experimenté cuando me hundí en el agua, porque, aunque nadaba muy bien, era incapaz de librarme de las olas lo suficiente para respirar... Vi llegar al mar tras de mí tan alto como un elevado monte y tan furioso como un enemigo...

Matt alzó los ojos de la página. No había el más ligero destello de interés en el rostro del muchacho. ¿Habría comprendido una sola palabra? Desanimado, abandonó el libro. ¿Qué significaba una tempestad en el mar para un salvaje que en toda su vida sólo había conocido el bosque?

—Bien —dijo disculpándose—, después está mucho mejor.

Attean tornó a sorprenderle.

—¿Salir del agua hombre blanco? —preguntó.

—Pues sí —declaró Matt entusiasmado—. Todos los demás que iban en el barco se ahogaron. Sólo él consiguió llegar a una isla.

El indio asintió. Parecía satisfecho.

—¿Quieres que lea más?

Attean volvió a asentir.

—Ir ahora. Volver *seba*.

A la mañana siguiente Matt no pensó en tornar al abecedario. Tenía el libro abierto por el pasaje que deseaba leer.

—Esto es lo que sucede la mañana después de la borrasca —explicó—. Robinson observa y advierte que una parte del barco aun no se ha hundido. Nada hasta allá, consigue salvar algunas cosas y las traslada a la costa.

Entonces empezó a leer.

Una vez más resultaba imposible saber si Attean lo entendía. Matt perdió entusiasmo. Era decepcionante leer ante alguien que parecía un poste de madera. Pero Attean le interrumpió.

—Hombre blanco no listo como indio —dijo con desdén—. Indio hacer todo necesita.

Desilusionado e irritado, Matt dejó el libro sobre la mesa. Más valía seguir con el alfabeto. Trazó una *B* en la corteza de abedul.

Cuando Attean se marchó, Matt continuó pensando en Robinson Crusoe y en todas las cosas útiles que había conseguido recuperar de la nave. Encontró, por ejemplo, un cajón de carpintero. Bolsas de clavos. Dos barriles de balas y una docena de hachuelas. ¡Una docena! pero Matt y su padre llegaron a Maine tan sólo con un hacha y una hachuela. Cortaron árboles y construyeron toda aquella cabaña, la mesa y los escables sin un solo clavo. Crusoe dormía en una hamaca en vez de soportar los pinchazos de las acículas de abedul. Ahora podía comprender lo que le habría parecido aquello a Attean. ¡A fin de cuentas, Robinson Crusoe había vivido como un rey en aquella isla desierta!

CAPÍTULO NUEVE

Unas pocas mañanas más tarde, al final de la lección, Matt retuvo a Attean.

—¿Cómo mataste ese conejo? —dijo, señalando al que Attean había arrojado sobre la mesa—. No tiene rastro de bala.

—Indio no usar bala para conejo —replicó Attean desdeñosamente.

—¿Cómo entonces? No veo ningún agujero.

Por un momento pareció que Attean no se dignaría responder. Después el indio se encogió de hombros.

—Attean enseñar —dijo—. Venir.

Matt se quedó de una pieza. Era el primer signo que daba el indio de... bueno, ¿de qué exactamente? El tono de su voz no era cordial. Pero no era éste el momento de asombrarse de aquello. Attean caminaba por el calvero y, al parecer, esperaba que Matt fuera tras él. Complacido y curioso, Matt fue cojeando en pos de él satisfecho de no tener que necesitar ya la muleta.

En la linde del calvero el indio se detuvo y examinó el terreno. Luego se agachó bajo un abeto negro, hurgó en el terreno y extrajo de un tirón una raíz larga y serpenteante. De la bolsa de cuero de su cinturón sacó un extraño cuchillo de hoja ganchuda. De un tajo hendió un extremo de la raíz y luego la peló, ayudándose con los dientes. Así obtuvo dos tiras de corteza de las que hizo una sola, frotándolas contra su muslo desnudo. Después buscó entre los matorrales hasta hallar dos renuevos ahorquillados con una separación de aproximadamente un metro entre los vástagos. Los despojó de ramitas, cortando con el cuchillo hacia su pecho, como a Matt le habían enseñado que no se debía hacer. Luego cortó una rama fuerte y la colocó con suavidad sobre las horquillas de los renuevos. Con la piel de la raíz hizo un lazo que colgó del palo de tal modo que quedara suspendido por encima del suelo. Trabajaba sin hablar y a Matt se le antojó que toda la operación fue ejecutada en un abrir y cerrar de ojos.

—Conejo caer en trampa —dijo por fin—. Arrastrar palo a maleza así chico blanco poder matar.

—¡Magnífico! —comentó Matt, rebosando de admiración—. No se me había ocurrido tender un cepo. No sabía cómo hacer uno sin cuerda ni alambre.

—Hacer más —ordenó Attean, señalando hacia el bosque—. No demasiado cerca.

Cuando Attean se hubo marchado, Matt consiguió hacer dos trampas más. Eran unos artefactos desmañados y no se sentía demasiado orgulloso de lo que había conseguido. No era tan fácil como había supuesto pelar una raíz escurridiza. Echó a perder buen número de ellas hasta dominar la técnica de unir los cabos. Estos lazos no se cerraban con la misma facilidad que el construido por Attean, pero aun así parecían bastante fuertes.

A la mañana siguiente enseñó sus cepos a Attean. Había esperado que mostrara algún signo de aprobación, pero todo lo que consiguió fue un gruñido y un encogimiento de hombros. Sabía que a Attean su trabajo debía parecerle infantil. Pero al tercer día una de sus propias trampas funcionó, aunque el animal consiguió escapar. Un día después, y con gran júbilo por su parte, halló una perdiz pugnando por soltarse en los matorrales en los que había quedado enredado el palo. Esta vez el gruñido con que le gratificó Attean resultó muy parecido al «Bueno» de su abuelo. El indio observó en silencio cómo Matt disponía de nuevo su cepo. Luego volverion a la cabaña, balanceando Matt desenfadadamente su presa como había visto hacer a Attean.

—Ya no es necesario que me traigas más comida —dijo con presunción—. A partir de ahora conseguiré la carne que precise.

Sin embargo, Attean siguió trayéndole algo cada mañana. No siempre carne fresca. Parecía saber exactamente cuándo había concluido Matt su última tajada de conejo o de pollo. A veces le llevaba una torta de maíz o una bolsa de nueces y en una ocasión llegó con un pequeño pastel de sirope de arce. Era evidente que se consideraba obligado a cumplir las condiciones del tratado de su abuelo.

Matt se atuvo también a las cláusulas de lo pactado, aunque las lecciones constituían una terrible prueba para ambos. Matt sabía muy bien que era un mal maestro. A veces le parecía que Attean aprendía pese a lo que él hacía. Una vez que el indio se resignó a dominar las veintiséis letras, las aprendió de golpe, desdeñando el recurso infantil de la *bujía,* la *puerta* y la *tabla* que había concebido Matt. Pronto fue capaz de deletrear palabras sencillas. Lo peor era que Attean seguía mostrándose desdeñoso, que toda la cuestión de las palabras del hombre blanco le parecía estúpida. Progresaron con impaciencia en las lecciones, siguiendo el relato de Robinson Crusoe. Matt sospechaba que la única razón de que Attean volviera día a día era que deseaba saber más de aquella historia.

Saltándose las páginas que le parecían sermones, Matt elegía los pasajes que más le gustaban a él. Cuando llegaron al rescate de Viernes, Attean lo siguió con atención y

Matt casi le olvidó, absorto en el placer que le producía su escena favorita.

Primero fueron las misteriosas huellas en la arena, las canoas varadas en la solitaria playa y aquellos hombres extraños y salvajes con los dos cautivos. Uno de éstos fue despiadadamente asesinado. La hoguera se hallaba dispuesta para el banquete de los caníbales.

Entonces el segundo cautivo emprendió una fuga desesperada, corriendo directamente hacia el lugar desde donde Crusoe observaba la escena. Dos salvajes le persiguieron lanzando gritos horribles. Matt alzó la mirada del libro y vio que los ojos de Attean centelleban. Siguió leyendo aprisa. Aquí no era preciso saltarse nada. Crusoe descargó un fuerte golpe sobre el primer caníbal, dejándole sin sentido. Entonces, viendo que el otro disponía una flecha en su arco, disparó y le mató. Matt leyó:

El pobre salvaje que huía, se detuvo, sin embargo, aunque vio que sus dos enemigos habían caído..., le había asustado el ruido y el fuego de mi arma que se quedó inmóvil, sin avanzar ni retroceder... Le llamé de nuevo y, para que se acercara, le hice señas que entendió fácilmente, se aproximó un tanto. Se detuvo otra vez..., seguía temblando, como si le hubieran apresado y estuviese a punto de morir, como sus dos enemigos habían muerto. Torné a llamarle y le hice todos los signos de estímulo en que se me ocurrió pensar; se acercaba cada vez más, arrodillándose a cada diez o doce pasos, en muestra de reconocimiento por el hecho de que hubiera salvado su vida. Le sonreí, satisfecho, y volví a indicarle que viniese. Por fin, vino junto a mí y tornó a arrodillarse, besó el suelo y, tomando mi pie, descansó allí su cabeza. Aquél, se me antojó, era un gesto por que el que juraba ser mi esclavo toda la vida...

Attean se puso en pie. En un instante una expresión sombría borró todo el placer que hasta entonces había mostrado su cara.

—¡*Nda!* —gritó—. Así no.

Matt se detuvo, asombrado.

—¡Él nunca hacer eso!

—¿Nunca hacer qué?

—¡Nunca de rodillas ante hombre blanco!

—Pero Crusoe había salvado su vida.

—No de rodillas —repitió Attean con fiereza—. No ser esclavo. Mejor morir.

Matt abrió la boca para protestar, pero Attean no le dio oportunidad. De tres zancadas salió de la cabaña.

Nunca volverá, pensó Matt. Se sentó y empezó a pasar lentamente las páginas. Jamás había puesto aquel relato en tela de juicio. Como Robinson Crusoe, juzgaba que era natural que el salvaje fuese el esclavo del hombre blanco. ¿Existía quizá alguna otra probabilidad? La idea era nueva e inquietante.

CAPÍTULO DIEZ

Se advirtió inmensamente aliviado cuando, a la mañana siguiente, Attean penetró muy erguido en la cabaña y se sentó ante la mesa. Con movimientos torpes, Matt se dispuso a iniciar la lección. Tan pronto como pudo, tomó el libro de *Robinson Crusoe*. Por la noche había meditado con mucho cuidado lo que diría si Attean le daba una nueva oportunidad. Ahora tenía que hablar deprisa, porque podía ver que Attean no se hallaba precisamente dispuesto a saber algo más de aquel relato.

—Verás, déjame —dijo con acento suplicante—. Hoy va a ser diferente. Viernes —así es como le llamó Robinson Crusoe— ya no se arrodilla.

—¿No esclavo?

—No —mintió Matt—. Después de su encuentro se convirtieron en... bien... en compañeros. Lo comparten todo.

Ignorando la suspicacia que se dibujaba en la cara de Attean, Matt comenzó a leer a toda prisa. Se alegró de conocer el libro tan de memoria y ser así capaz de prever cuándo podían surgir dificultades. Uno de los primeros vocablos que Crusoe enseñó a Viernes fue la palabra *amo*. Por fortuna ésta la atrapó a tiempo. Y era verdad, Crusoe y su nuevo compañero vivieron juntos, compartiendo aventuras. Sólo que, pensó Matt, las cosas habrían ido mejor si Viernes no hubiese sido tan lerdo. Al fin y al cabo, tenía que haber una o dos cosas acerca de la isla desierta que hubiera podido enseñar a Robinson Crusoe un nativo que había estado allí toda su vida.

Cuando Matt cerró el libro, Attean asintió. Entonces, como tantas veces antes, sorprendió a Matt.

—¿Querer ir a pescar? —preguntó.

—Pues claro que sí —declaró Matt agradecido.

Se detuvo a recoger la caña que se hallaba detrás de la puerta y echó a correr para alcanzar al muchacho indio que le había tomado la delantera. Sabía que su sonrisa le llegaba de oreja a oreja, pero no era capaz de ocultar sus sentimientos como hacía Attean.

Recorrieron una cierta distancia. Matt logró mantenerse al rápido paso del indio, resuelto a no permitir que Attean supiera que le dolía el tobillo. No parecía que estuviesen siguiendo un sendero concreto. Finalmente, desembocaron en una parte del riachuelo que Matt no había visto nunca. Por aquí era poco hondo y estaba salpicado de rocas y guijarros de tal modo que, al correr por encima, el agua se agitaba en pequeños rápidos o se detenía en silenciosos remansos. Aquí Attean se detuvo, rompió una vara, pero, en vez de hacerse una caña de pescar, extrajo su cuchillo de la bolsa y rápidamente la aguzó, convirtiéndola en venablo. Entonces penetró sin ruido en la corriente. Matt permaneció observándole.

Attean se quedó inmóvil, escrutando muy atentamente las limpias aguas. De repente se agachó, lanzó su venablo con un golpe seco y lo recuperó con un pez resplandeciente. Lo estudió por un momento.

—Demasiado pequeño —decidió.

Con gran asombro de Matt, dijo solemnemente al pez unas cuantas palabras incomprensibles y después lo lanzó a la corriente. Al cabo de unos pocos momentos ensartó otro al que juzgó suficientemente grande para conservarlo.

—Hacer lo mismo —ordenó, volviéndose entonces a la orilla. Y luego entregó el venablo a Matt.

Resultaría ridículo, pensó Matt antes incluso de empezar. Penetró en el agua hasta que le llegó a las rodillas, con los ojos clavados en la corriente que se deslizaba entre sus piernas. En aquel instante cruzó un pez. Al menos a él le pareció un pez. Era difícil decir cuál sería la sombra y cuál el pez. En cualquier caso, desapareció antes de que el venablo hubiese entrado en el agua. Después vio otro; esta vez no había duda de que se trataba de un pez que cruzaba serenamente el remanso. Lanzó con desesperación el venablo. Tuvo la seguridad de que la vara llegó a alcanzar a aquel ser escurridizo. Fue por él, perdió pie y cayó con un chapoteo que ahuyentó a todo pez que se hallara en kilómetros a la redonda. Cuando salió del agua, goteando, advirtió que Attean le observaba con una horrible mueca.

De repente sintió calor a pesar de la frialdad del agua. ¿Por qué razón se le había ocurrido a Attean llevarle hasta allí? ¿Es que había pretendido jactarse de su habilidad y lograr que se sintiera Matt más torpe que nunca? ¿Era ésta la respuesta de Attean por si acaso se le ocurría a Matt desempeñar el papel de Robinson Crusoe? Por un instante Matt contempló a Attean con un desdén tan sombrío como el de cualquier indio. Entonces se enjugó la nariz con el dorso de la mano y regresó cabizbajo a la orilla. Tomó su caña de pescar, hurgó entre las hierbas húmedas, halló un gusano gordo y sabroso y cebó el anzuelo.

—Lo haré a mi manera —dijo—. Con esto puedo conseguir mucha pesca y eso es lo que importa.

Attean se sentó en la orilla y le observó. Para su satisfacción, Matt sintió al instante un tirón en el sedal. Y fuerte. Un pez de aspecto impresionante apareció en la superficie, retorciéndose vigorosamente. Matt tiró de golpe y el sedal salió del agua tan de repente que casi volvió a perder pie otra vez. Colgaba vacío.

—Pez romper sedal —comentó Attean.

¡Como si él no pudiera verlo! Furioso con Attean, con el pez y consigo mismo, Matt examinó el desaguisado, incapaz de plantar cara al indio. Había perdido algo más que un buen pez. Había desaparecido su anzuelo. El único anzuelo que tenía.

Desde luego, Attean se dio cuenta. Aquellos ojos negros nunca pasaban nada por alto.

—Hacer nuevo anzuelo —sugirió.

Sin ponerse siquiera en pie, tendió una mano y rompió la rama de un vástago de arce. Tornó a relucir su cuchillo ganchudo. De unos cuantos tajos cortó un pedazo tan largo como su dedo meñique, hizo una muesca por la mitad y afiló los dos extremos. Entonces penetró en el agua y con destreza ató el sedal de Matt en torno a la muesca.

—Poner dos gusanos —dijo—. Tapa todo anzuelo.

No se brindó a buscar los gusanos. Matt perdió todo interés por la pesca. Sabía que, de un modo o de otro, simplemente proporcionaría nueva diversión a Attean. Pero no podía negarse.

No tuvo que aguardar mucho tiempo a que picara otro pez. Esta vez lo sacó con habilidad.

—Bueno —dijo Attean desde la orilla—. Grande.

Matt estaba tratando de soltarle del anzuelo.

—Se ha tragado todo el anzuelo —declaró.

—Mejor que anzuelo hombre blanco —dijo Attean—. Se vuelve dentro pez. No soltar.

De retorno a la orilla, Matt abrió el pez y extrajo el anzuelo y su sedal. Pero la delgada ramita se había roto por la mitad.

—Fácil hacer nuevo anzuelo —manifestó Attean—. Hacer muchos anzuelos.

Pues claro. Examinando aquella cosa tan simple que tenía en su mano, Matt comprendió que nunca necesitaría volver a preocuparse por la pérdida de un anzuelo. Podría hacer uno siempre que lo necesitara. Era otra de las cosas útiles que le había enseñado Attean al igual que el modo de fabricar un cepo. No estaba seguro de la razón por la que se había dignado Attean a instruirle. Pero de mala gana hubo de reconocer que una vez más le había demostrado que no siempre tenía que depender de las herramientas del hombre blanco.

Casi al punto sintió hambre. El sol se hallaba en todo lo alto y tendría que recorrer un largo trecho por el bosque antes de que pudiera cocinar su pez. Y vio que Attean había tenido el mismo pensamiento.

El indio había reunido un pequeño montón de acículas de pino y de hierba. De su bolsa de piel de rata almizclera sacó una piedra muy dura en la que aparecían encastrados pedacitos de cuarzo. Golpeándola con su cuchillo, pronto logró una chispa que prendió hasta convertirse en llama.

Yo mismo podría haberlo hecho, pensó Matt. En realidad había procedido así en muchas ocasiones, pero sin comprender que, además de su pedernal, podía utilzar también una piedra corriente.

—Preparar pescado —le ordenó Attean, señalando los dos peces que había en la orilla. A Matt no le agradó aquel tono imperioso, pero hizo como le dijo. Para cuando tuvo ya abiertos, destripados y lavados en el riachuelo los peces, Attean disponía ya de un buen fuego. Matt sentía curiosidad por ver cómo iba a cocinarlos.

Observó que Attean cortaba dos ramas pequeñas, doblándolas primero para asegurarse de que estaban verdes. Las deshojó y las aguzó con celeridad. Luego introdujo cada una por un pez desde la cabeza a la cola. Atravesó un palito dentro de cada pez para mantenerlo bien abierto. Entregó una de las varitas a Matt. Uno a cada lado del fuego, los dos chicos se pusieron en cuclillas y sostuvieron sus peces sobre las llamas. De vez en cuando Attean alimentaba la hoguera con ramas secas. Cuando los peces se doraron y su carne se tornó crujiente, se los comieron sin decir palabra.

Matt se chupó los dedos. Su resentimiento había desaparecido al tiempo que su hambre.

—Magnífico —declaró—. Ha sido el mejor pez que haya comido nunca.

—Bueno —dijo Attean. Desde el otro lado del fuego observaba a Matt y sus ojos brillaban. Alegres de nuevo, pero esta vez, y de algún modo, no con desdén.

—¿Qué dijiste al pez que arrojaste al agua? —a Matt aún le picaba la curiosidad al respecto.

—Decirlo no contar a otro pez —repuso serio Attean— para que no huir.

—¿Pero crees de verdad que un pez puede entenderlo? Attean se encogió de hombros.

—Peces saber muchas cosas —replicó.

Matt se sentó a reflexionar sobre aquello.

—Bien, pareció funcionar —dijo al fin—. Al menos llegó el otro pez enseguida.

Una amplia sonrisa se extendió lentamente por el rostro de Attean. Era la primera vez que Matt le veía sonreír.

CAPÍTULO ONCE

Una mañana Matt puso en fila sus palos. Siete palos, cada uno con siete muescas. Eso significaba que ya estaba bien entrado agosto. Las sedosas campanillas relucían en los tallos del maíz. Las duras calabazas bajo los tallos cobraban formas más redondeadas y un tono anaranjado sobre el verde de antes. Ya era tiempo de que su padre volviera. En cualquier momento alzaría la vista y le vería cruzar el calvero, trayendo consigo a su madre, a Sarah y al nuevo bebé. Era extraño pensar que existía un miembro de su familia al que nunca había visto. ¿Sería un chico o una chica? Resultaría magnífico sentarse todos de nuevo en torno de una mesa.

Esperaba que su madre se encargaría de las lecciones de lectura que iban de mal en peor. Attean seguía acudiendo casi todos los días, aunque él ya no necesitara que le trajese carne o pescado. Matt no conseguía entender por qué el indio continuaba yendo, aunque fuese tan evidente lo que le desagradaban las lecciones. Con harta frecuencia Attean le hacía sentirse incómodo y ridículo. Pero tenía que reconocer que las horas transcurrían muy lentamente los días en que Attean no acudía.

A menudo Attean parecía no tener prisa por marcharse cuando terminaba la lección matutina. «Mirar a ver si coger conejo», sugería quizá, y juntos acudían a repasar los cepos. O caminaban a lo largo de la orilla del riachuelo en busca de un buen lugar para pescar. Attean parecía disponer de todo el tiempo del mundo. A veces se limitaba a quedarse y observar cómo trabajaba Matt. Permanecía en la linde del maizal y le veía arrancar los hierbajos.

—Trabajo de *squaw* —comentó una vez.

Matt enrojeció.

—Nosotros creemos que es un trabajo de hombre — replicó.

Attean nada dijo. Ni se brindó a ayudarle. Al cabo de un rato se marchó sin despedirse. «Qué agradable tenía que ser eso», dijo para sí Matt, «de limitarse a pasar la vida cazando y pescando sin trabajo alguno que hacer». Esa no era la manera de vivir de su padre. Siempre habría trabajo que hacer, pero si limpiaba de malas hierbas el maizal y cortaba leña hoy, quizá mañana pudiese ir a pescar con Attean... si Attean le invitaba.

A veces Attean traía consigo un perro ya viejo. Era el animal de aspecto más lamentable que Matt hubiese visto nunca, de pelo pardo y áspero, un rabo sarnoso y unas manchas blancas en la cara que le daban apariencia de payaso. Su morro largo y puntiagudo estaba deformado por bultos entre los que asomaban cerdas. A juzgar por sus orejas, había sobrevivido a muchas peleas. Cuando espiaba a Matt, se le erizaban los pelos del lomo y dejaba escapar un maligno gruñido. Attean le daba un brusco manotazo y así se callaba, pero continuaba observando a aquel blanco desconocido con mirada de desconfianza y se mantenía a distancia.

Matt trataba de no denotar su recelo.

—¿Cómo se llama? —preguntó cortésmente.

Attean se encogió de hombros.

—No nombre. *Aremus...,* perro.

—¿Pero cómo puedes llamarle para que acuda si no tiene nombre?

—El mi perro. El venir.

Como si entendiera lo que Attean había dicho, empezó a menear el lastimoso rabo.

—*Piz wat* —declaró Attean—. No servir nada. No bueno para cazar. Estúpido. Pelear con cualquiera... oso, alce.

Era inconfundible el acento de orgullo en la voz de Attean.

—¿Qué le pasó en el hocico?

Attean se sonrió.

—El pelear con cualquiera. Perseguir *kogw...* ¿Cómo llamar hombre blanco? Todo pinchos.

—Ah..., un puercoespín. Caramba, eso tuvo que hacerle mucho daño.

—Yo sacar muchos pinchos. Algunos muy hondos, no salir. Perro no sentirlos ahora.

Quizá no, pensó Matt, pero dudaba de que aquellas púas hubiesen mejorado su carácter. No le agradaba el perro de Attean.

Durante cada lección el perro vagaba por las proximidades de la cabaña y finalmente se tumbaba en el sendero a espulgarse. Cuando Attean salía, el perro se ponía en pie de un salto y empezaba a revolverse y a ladrar como si Attean hubiese estado ausente varios días. Tras aquello Matt empezó a considerar un poco mejor al perro. Pensó entonces en el recibimiento que el perro de su padre le hacía. Con toda seguridad aquel viejo podenco habría enloquecido de alegría cuando su padre llegó a su casa procedente de Maine. La realidad era que Matt sentía una cierta envidia de Attean. Por mala que fuese su apariencia, un perro tenía que ser una buena compañía aquí en el bosque.

Pero no éste. Por muchas que fueran las veces que el perro llegó con Attean, jamás permitió que Matt le tocara.

Ni tampoco a Matt se le hubiera ocurrido tal cosa. Desde luego, no valía para cazar. Cuando los dos chicos recorrían el bosque, el perro iba y venía por delante de ellos, espantando a las ardillas que corrían a subirse a los árboles, haciendo parlotear a los arrendajos y arruinando cualquier posibilidad de cazar. Matt se preguntaba por qué Attean quería que le acompañara. Attean no le prestaba ninguna atención, excepto cuando le gritaba o le daba un manotazo cuando hacía demasiado ruido. Pero, pese a tal despliegue de indiferencia, resultaba claro que Attean quería a aquel perro.

Attean no trajo consigo al perro el día que llevó muy lejos a Matt, a una parte del bosque en donde jamás había estado éste. Tras sus pasos, Matt empezó a sentirse incómodo. Si a Attean se le ocurría alejarse de repente, como solía hacer, Matt no se hallaba seguro de saber volver solo a la cabaña. Se puso a pensar que Attean lo sabía, que quizá Attean le había llevado tan lejos para mostrarle lo torpe que era, para que viese que todas las palabras del libro de un hombre blanco de nada le servían en el bosque.

Sin embargo, en realidad, no lo creía así. Por alguna razón que no era capaz de explicarse, confiaba en Attean. En verdad no le agradaba. Matt odiaba al indio cuando descubría en sus ojos esa mirada desdeñosa. Pero en cierto modo algo había cambiado tras sentarse día tras día, uno junto al otro, durante aquellas lecciones que a ninguno de los dos gustaban. Tal vez había sido *Robinson Crusoe* o sus caminatas juntos por el bosque. No simpatizaban, pero ya no eran enemigos.

Cuando llegaron ante una fila de tocones, abedules y tiemblos cortados muy cerca del suelo, a Matt le dio un vuelco el corazón. ¿Habría colonos cerca? ¿Indios quizá? Pero éste no era en realidad un calvero. Entonces reparó en que, quien fuese el que había cortado los árboles, había dejado astillas puntiagudas en cada tocón. Ningún hacha segaría un árbol de aquella manera. Pudo distinguir los rastros que indicaban que los árboles habían sido arrastrados por el suelo.

Unos pasos más allá los muchachos llegaron a la orilla de un riachuelo desconocido. Entonces vio Matt qué había sido de aquellos árboles. Estaban apilados en un montón sobre el agua de una a otra orilla. El riachuelo se filtraba entre los troncos en pequeñas cascadas. Tras las ramas apiladas se extendía una pequeña charca tersa y quieta.

—¡Es una presa de castores! —exclamó—. La primera que veo en mi vida.

—*Qwa bit* —declaró Attean—. De cola roja. Allí *wigwam* de castores.

Y señaló un montón de ramas que se alzaban a un lado, algunas de las cuales todavía tenían hojas verdes. Matt se aproximó para observar. Al instante se oyó el estallido de un disparo. Un anillo de ondas agitó la superficie de la charca. Cerca de la orilla apareció y desapareció al instante entre una multitud de burbujas una negra cabeza.

Attean se rió del sobresalto de Matt.

—Castor hacer gran ruido con cola —explicó.

—Pensé que alguien había disparado un fusil —dijo Matt—. Me gustaría tener ahora el mío.

Attean hizo un gesto desdeñoso.

—No disparar —advirtió—. Ni hombre blanco ni indio. Joven castor no dispuesto.

Señaló hacia un árbol próximo.

—Signo del castor —dijo—. Pertenecer a familia.

Tallada en la corteza, Matt distinguió la tosca silueta de un animal que con una cierta imaginación podía pasar por un castor.

—Signo mostrar casa de castor pertenecer a pueblo del castor —explicó Attean—; pronto, cuando jóvenes castores todos crecidos, pueblo del castor cazar aquí. Nadie cazar más que pueblo del castor.

—¿Quieres decir que, simplemente por esa marca en el árbol ningún otro cazador disparará aquí?

—Así ser —repuso Attean muy serio—. Todos indios comprender.

Matt se preguntó si lo comprendería un hombre blanco. Pensó en Ben con su fusil robado. Pero tenía que acordarse de advertíselo a su padre.

Cuando les pareció que el castor no volvería a asomar, los dos muchachos treparon de nuevo a lo alto de la orilla. Junto a la fila de tocones Attean se detuvo e hizo señas a Matt de que siguiera adelante.

—Mostrar camino.

Renacieron todas las sospechas de Matt. ¿Pretendía Attean escabullirse y dejarle que encontrara por sí mismo el camino de regreso?

—¿Qué truco es éste? —preguntó con vehemencia.

Attean adoptó una expresión adusta.

—No truco —dijo—. Matt necesita aprender.

Con gran alivio de Matt, encabezó la marcha. Al cabo de un breve rato se detuvo y señaló hacia una rama rota que se inclinaba en dirección al riachuelo. Un poco más allá había una pequeña piedra apoyada en otra mayor. No muy lejos, un manojo de hierba seca colgaba de la rama de un arbolito.

—Indio hacer señales —anunció Attean—. Siempre hacer señales para decir camino. Matt debe hacer igual. Así no perderse en bosque.

Entonces Matt recordó cuán a menudo se había detenido Attean, a veces para romper una rama que colgaba en su camino, en otra ocasión para desplazar una piedra con la punta de uno de sus mocasines. Tan rápidamente había hecho aquellas cosas que Matt no le prestó atención. Ahora advertía que, cuidadosamente, Attean se había preocupado de ir dejando rastros.

—Pues claro —exclamó—. Pero mi padre siempre hace marcas con su cuchillo en los árboles.

Attean asintió.

—Ese es modo de hombre blanco. Indio quizá no querer decir a dónde ir. No querer cazadores encuentren casa de castor.

Así que éstas eran señales secretas. Nada advertiría cualquiera que les hubiera seguido. Haría falta una vista muy aguda para hallarlas incluso aunque se supiese que tenían que estar allí.

—Matt hacer lo mismo —repitió Attean—. Siempre hacer signos para mostrar camino de vuelta.

Matt se sentía avergonzado de sus sospechas. Attean sólo había pretendido ayudarle. Lo malo es que en su empeño se había dado aires de superioridad.

Caminó tras Attean, tratando de localizar las señales antes de que Attean las indicara. De repente le vino a la cabeza una idea y casi rompió a reír en alto. Se acordó de

Robinson Crusoe y de Viernes, su criado. Attean y él habían dado la vuelta a la historia por completo. Siempre que se alejaban unos pasos de la cabaña era el salvaje moreno quien iba delante, abriendo camino, sabiendo qué es lo que había que hacer y haciéndolo rápida y diestramente. Y Matt, una versión mezquina de Robinson Crusoe, iba detrás, agradecido al más ligero indicio de que podía hacer algo a derechas.

Y no se trataba de que quisiera ser el amo. Jamás se le había pasado por la mente la idea de que Attean fuera el esclavo de alguien. En realidad pretendía tan sólo que Attean pudiera llegar a tener un concepto un poco mejor de él. Quería que Attean le mirara sin aquel destello de burla en sus ojos. Hubiera querido, a ser posible, ganarse el respeto de Attean.

Como si Attean hubiese advertido que Matt se sentía disgustado, se detuvo, sacó el cuchillo y cortó limpiamente dos relucientes y secos brotes de savia seca de un abeto. Le sonrió y le tendío uno a modo de oferta de paz.

—Mascar —le ordenó.

Se llevó el otro a la boca y comenzó a masticarlo con evidente placer.

Matt le imitó cautelosamente. El pegote se deshizo entre sus dientes, llenando su boca de un zumo amargo. Hubiera deseado escupirlo, asqueado, pero resultaba evidente que Attean disfrutaba con aquello, así que él obligó tenazmente a sus mandíbulas a que siguieran mascando. En un instante los fragmentos del pegote deshecho se convirtieron en una pasta elástica y la amargura del primer momento dio paso a un fresco sabor a piña. Con gran sorpresa por su parte descubrió que aquello estaba muy bueno. Los muchachos prosiguieron su camino, mascando amigablemente. Una vez más, hubo de reconocer Matt, Attean le había enseñado otro secreto del bosque.

CAPÍTULO DOCE

Matt decidió una mañana que tenía que contar con un arco. Sentía envidia del que Attean llevaba a menudo a la espalda y de las flechas romas que sujetaba en su cintura. Sólo el día anterior, Matt le había visto tensarlo de repente, al tiempo que apuntaba, y derribar en pleno vuelo a un pato silvestre. Attean recogió con cuidado el ave muerta y se la llevó consigo. Indudablemente los indios sabrían sacar el mejor partido hasta de la última esquirla de hueso y de la última pluma. Matt conocía ya que Attean nunca tiraba por el simple placer de hacerlo. Y pensaba ahora que con un arco y un poco de práctica, él, Matt, podría conseguir también un pato. Resultaría una excelente alternativa al pescado de siempre.

No había duda alguna de que era capaz de manejar un arco. En realidad, lo había empleado varios años atrás en Quincy. Él y sus amigos jugaban a los indios, acechándose en el bosque y lanzando alaridos tras los árboles. Incluso medio en serio, medio en broma, se habían ejercitado en el tiro al blanco. ¿Quién iba a decirle a él entonces que algún día necesitaría de semejante destreza?

Cortó una rama recta, le hizo una muesca en cada ex-

59

tremo y tensó entre los dos un pedazo de cuerda que su padre le había dejado. Se fabricó las flechas con varas más delgadas. Pero algo iba decididamente mal. Sus flechas partían en las más extrañas direcciones o caían al suelo a unos metros de distancia. Le molestó que a la mañana siguiente, cuando Attean apareció saliendo del bosque, le sorprendiese en sus ejercicios.

Attean examinó el arco.

—Madera no buena —dijo al punto—. Yo conseguir mejor.

Fue muy meticuloso en la elección de madera. Buscó por la linde del calvero, probando renuevos, doblando ramas delgadas, desechando una tras otra hasta encontrar una rama seca de fresno del grosor de tres de sus dedos. Cortó una vara de una altura casi igual a la suya y se la entregó a Matt.

—Quitar corteza —le instruyó. Y se puso en cuclillas para observar mientras Matt pelaba la vara. Luego, tomándola de nuevo en sus manos, marcó varios centímetros en el centro por donde Matt aferraría el arco.

—Cortar madera aquí —dijo, pasando su mano del centro a los extremos.

—Hacer pequeña como éste —aclaró alzando un delgado dedo.

Matt se dispuso a trabajar la vara al instante.

—Despacio —le previno Attean—. Cuchillo cortar madera muy aprisa. Indio usar piedra.

Bajo la mirada crítica del indio, Matt redujo el grosor de la vara, haciendo las virutas tan tenues como le fue posible. Aquel lento trabajo consumió toda su paciencia. En dos ocasiones cosideró concluida la tarea, pero Attean, pasando la mano por la curva del arco, no se mostró satisfecho hasta que quedó tan terso como el hueso de un animal.

—Necesitar grasa ahora —dijo—; mejor grasa de oso.

—¿Servirá ésta? —inquirió Matt, trayendo un cuenco

del guisado de pescado que había dejado enfriar sobre la mesa. Con cuidado, empleando un pedazo de corteza, Attean recogió las gotas de grasa que flotaban en la superficie. Frotó con aquel aceite el arco de un extremo al otro hasta que la denuda madera resplandeció. Dejó a un lado el pedazo de deshilachada cuerda de Matt. En su lugar se dispuso a hacer la cuerda del arco del mismo material que había empleado en el cepo, largas tiras de raíz de abeto. Esto le llevó la mayor parte de la mañana, porque entretejió las fibras y luego las frotó contra su muslo para que la cuerda resultante fuese lo más tersa y lisa posible.

Finalmente ató un extremo a una muesca en el arco y comenzó poco a poco a doblar la vara. A Matt se le antojó tan tiesa como si fuese de hierro. Parecía imposible que se doblara, pero lentamente cedió, entonces ató el otro cabo a la muesca del extremo opuesto. El arco estaba terminado.

—Es espléndido —le dijo Matt, rebosante de admiración ante el resultado de aquel trabajo en común.

Attean emitió un gruñido de satisfacción.

—Parecer muy bueno —declaró—. Un día hacer mejor. Indio necesitar largo tiempo, dejar vara muchos días hasta estar dispuesta.

Antes de marcharse, Attean cortó cuatro delgadas varas de abedul.

—Mejor para flechas —le explicó, marcando con sus manos una longitud poco superior al medio metro. Dejó a Matt que se encargara de mondarlas.

Matt estaba encantado con el arco, pero su empleo resultó algo distinto. En manera alguna se parecía al del primer arco que construyó. Necesitaba de toda su fuerza para tirar hacia atrás de la cuerda. Cuando soltaba la flecha, ésta partía con una fuerza soprendente hacia algún lugar de la maleza, pero nunca hacia donde él había apuntado. Perdía las flechas con la misma rapidez con que hacía otras nuevas. Pero estaba decidido. Clavó un blanco de corteza de abedul contra un árbol y comenzó resueltamente a ejercitarse. Con la práctica, sus flechas se acercaban cada vez más al objetivo. El doloroso chasquido de la cuerda levantó ampollas en su mano. Attean no le brindó nuevos consejos, pero cuando la cuerda de raíces comenzó a deshilacharse, trajo consigo otra, magnífica, de tendones animales entretejidos, que duraría mucho más tiempo. Con esa nueva cuerda Matt pudo alcanzar frecuentemente los bordes de su blanco. Pronto, se prometió a sí mismo, las ardillas le mostrarían más respeto y ya no volverían a corretear tan audazmente por encima de su cabeza.

CAPÍTULO TRECE

Ahora, allá por donde iba, Matt buscaba señales indias. A veces no podía estar seguro de si había sido el viento el que había partido una rama o un animal el que había dejado a su paso una extraña marca en el tronco de un árbol. En una o dos ocasiones tuvo la certeza de haber descubierto el signo del castor. Era un juego que jugaba consigo mismo. Aún le quedaba por aprender que para Attean no se trataba de ningún juego. Una mañana en que caminaban por un estrecho sendero, esta vez hacia el Este, Attean se detuvo de repente.

—¡Chist! —le previno.

Entre la maleza Matt percibió un jadeo ronco y bajo y una frenética agitación de la vegetación. El ruido se interrumpió en cuanto se quedaron quietos. Avanzando cautelosamente, los dos chicos llegaron hasta donde vieron un zorro agazapado. No escapó, pero les gruñó cuando se acercaron aún más. Matt advirtió que tenía atrapada una pata delantera. Con un largo palo Attean apartó las hojas y Matt percibió un brillo metálico.

—Cepo de hombre blanco —declaro Attean.

—¿Cómo lo sabes? —preguntó Matt.

63

—Indios no usar cepo de hierro. Cepo de hierro, malo.

—¿Quieres decir que esta trampa la puso un hombre blanco? —Matt pensó en Ben.

—No. Algún hombre blanco pagar a indio malo por cazar para él. Hombre blanco no saber cómo ocultar cepo tan bien.

Attean mostró a Matt cuán diestramente había sido ocultada la trampa, amontonando por encima hojas y tierra como si fuese la madriguera de un animal y dejando dentro dos cabezas de pescado medio deshechas.

El zorro les observaba, mostrando los dientes. Su mirada de rabia provocó en Matt una sensación de incomodidad.

—Hemos tenido suerte de ser los primeros en encontrarlo —declaró para ocultar su turbación.

Attean meneó la cabeza.

—Este no ser terreno de caza del castor —dijo—. Aquí cazar clan de tortuga.

Señaló hacia un árbol próximo. Sobre la corteza Matt pudo distinguir un basto garabato que recordaba en cierto modo a una tortuga. Se indignó.

—Nosotros lo hemos encontrado —declaró—. ¿Pretendes decirme que vas a dejarlo aquí sólo porque en ese árbol hay una marca?

—Pueblo de castor no tomar animales en tierra de tortuga —repitió Attean.

—No podemos dejar que sufra —protestó Matt—. Imagina que no pasa por aquí nadie en varios días.

—Entonces zorro escapar.

—¿Cómo va a poder escapar?

—Mordiendo pata.

Y, desde luego, Matt reparó entonces en que el animal había descarnado ya su miembro.

—Pata curar pronto —añadió Attean al advertir la preocupación que se reflejaba en la cara de Matt—. Zorro tener, además, tres patas.

—No me gusta —insistió Matt.

Se preguntó por qué le importaba tanto. Hacía ya largo tiempo que se había acostumbrado a matar a garrotazos a los pequeños animales caídos en sus propios cepos. Pero en aquel zorro había algo que resultaba diferente. Esos ojos retadores no revelaban rastro de miedo. Le impresionó el valor de poder infligirse semejante herida para conseguir la libertad. De mala gana fue tras Attean hasta el sendero, dejando allí al desgraciado zorro.

—Es una manera cruel de atrapar a un animal —murmuró—, peor que nuestros cepos.

—*Ehe* —asintió Attean—. Mi abuelo no permitir pueblo del castor comprar cepo de hierro. Algunos indios cazar ahora como hombre blanco. Antes muchos alces y castores. Bastantes para todos los indios y también para hombre blanco. Pero hombre blanco no cazar para comer, sólo por piel. Él pagar a indio para conseguir piel. Así indio usar trampa de hombre blanco.

Matt no fue capaz de hallar una respuesta. Caminando junto a Attean, se sentía al tiempo confuso e irritado. No podía comprender ese código de conducta de los indios que dejaban sufrir a un animal sólo por una marca en el tronco de un árbol. Y estaba harto del desprecio que Attean mostraba por los hombres blancos. Era ridículo pensar que Attean y él podían ser realmente amigos. Algunas veces deseaba no haber conocido nunca a Attean.

Incluso en aquel instante, se dio cuenta de que eso no era en realidad cierto. Aunque Attean le indignaba, se sentía constantemente empujado a tratar de ganarse el respeto de aquel extraño muchacho. A veces, por la noche, permanecía tendido despierto, contemplando a través de una grieta del tejado la luz de alguna estrella, inventando aventuras en las que el héroe era él mismo y no Attean. En ocasiones veía a Attean en un terrible peligro y él, Matt, valiente y sereno, acudía con celeridad a rescatarle. Mataba sin ayuda de nadie a un oso o a un puma o ahuyentaba a una serpiente de cascabel a punto de atacar. O se enteraba de que una banda de indios enemigos se deslizaba por el bosque para atacar el lugar en donde dormía Attean y él corría entre los árboles para dar la alarma a tiempo.

Por la mañana se reía de sí mismo por aquellas ensoñaciones infantiles. Era escasa la probabilidad de que llegase a ser un héroe y resultaba también muy poco posible que Attean precisara de su ayuda. Matt sabía que el muchacho indio acudía día tras día sólo porque le enviaba su abuelo. Por alguna razón el anciano se había apiadado de aquel desvalido chico blanco y al mismo tiempo comprendió astutamente que su nieto tenía así la oportunidad de aprender a leer. Si hubiera sospechado que, contra lo que él creía, Attean se había convertido en el maestro, habría acabado al momento con las visitas.

Matt sabía que tenía que estar agradecido a las enseñanzas de Attean. El muchacho indio le instruía cada día en algo nuevo: una planta que parecía una cebolla y que arrojada al puchero hacía más sabrosa la comida; una enredadera de florecillas anaranjadas y un jugo lechoso en el tallo que servía de antídoto contra las picaduras de los insectos o contra el zumaque venenoso; una mata de flores pardas y raíces con una sarta de bulbos como nueces que espesaban sus guisos y los hacía más nutritivos. Le indicó plantas que nunca debería comer por hambriento que estuviese. Había mostrado incluso a Matt cómo improvisar una capa impermeable si empezaba a llover de repente, abriendo rápidamente un agujero en el centro de una ancha faja de corteza de abedul y con una caperuza para la cabeza.

Lo único que Matt podía enseñarle era lo que a Attean le desagradaba. Porque, para el muchacho indio, los signos del hombre blanco en un papel eran *piz wat,* inútiles.

Sin embargo, Matt advirtió que, pese a todo, Attean había aprendido algo de él. Ya hablaba inglés con mayor soltura. Quizá ni él mismo era consciente de que dominaba más la lengua. Captaba nuevas palabras con más facilidad. A veces las empleaba con ese extraño humor que Matt estaba empezando a advertir. Sabía que Attean estaba burlándose cuando de su boca de indio salían solemnemente algunas de sus expresiones favoritas.

—A fe mía —decía Attean— que me parece que llover pronto.

A veces incluso empleaba alguna palabra tomada de *Robinson Crusoe*. Le agradaba en especial el sonido de *verdaderamente*.

A cambio, Matt gustaba de aprender palabras indias. No eran difíciles de entender, pero se le trababa la lengua al pronunciarlas. No creía siquiera que las utilizara del modo más adecuado, pero, como podía advertir que a Attean le divertía que las usase, también le complacía a él.

—*Cha kwa*... esta mañana —podía decir Matt— eché a un *kogw* del maizal.

Luego añadiría que no había desperdiciado una flecha y que había visto cómo escapaba sano y salvo el puercoespín.

Tal vez, después de todo, aquellas lecciones no habían sido enteramente inútiles.

CAPÍTULO CATORCE

Robinson Crusoe había concluido. Matt se había saltado más de la mitad del libro, escogiendo sólo las páginas en donde había mucha acción. Ahora lamentaba que no hubiese durado más tiempo. Attean también parecía decepcionado.

—Lástima —comentó, imitando una de las frecuentes observaciones de Matt—. Yo digo historia a hermanos. Cada noche cuento más. Les gusta.

Encantado, Matt trató de imaginarse a los indios sentados por la noche en torno al fuego, escuchando a Attean la narración de la historia de Robinson Crusoe. Hubiera dado mucho por escuchar la versión de Attean. De repente tuvo una inspiración.

—Si quieres más historias, yo tengo muchísimas —exclamó.

Tomó de la estantería la Biblia de su padre. ¿Cómo no se le había ocurrido eso antes? ¡Caramba, si allí estaban Sansón, David y Goliat, José y su túnica de muchos colores!

—Son incluso mejores que *Robinson Crusoe* —le prometió.

Y, desde luego, era cierto. Los antiguos relatos bíblicos

rebosaban de aventuras. Y estaban narrados en un lenguaje sencillo que no exigía saltarse párrafos.

Comenzó con la historia de Noé. Cómo le había advertido Dios que sobrevendría una gran inundación. Cómo Noé construyó el arca y metió dentro a su familia y a una pareja de cada especie de animales. Cómo todos vivieron a salvo en el arca mientras llovía durante cuarenta días y cuarenta noches. Cómo envió Noé una paloma en tres ocasiones y cuándo regresó por fin a la tercera vez con una rama de olivo en el pico. Así supo Noé que había concluido la inundación. En aquel instante Matt advirtió una sonrisa en el rostro de Attean.

—Pueblo de castor dice historia como ésa —dijo—. Es una historia muy antigua. ¿Quieres que cuente?

Matt aguardó con curiosidad.

—Hace mucho tiempo —empezo a decir Attean, frunciendo el ceño mientras traducía las palabras de su propia lengua—, antes que animales, llegó gran lluvia. Agua cubrió toda la tierra. Un indio fue a monte muy alto, trepó a árbol muy alto. Llovió muchos días. El agua llegó a pies de indio, pero no más. Un día soltó un pato. Voló y no volvió. Otro día soltó otro pato. Voló y no volvió. Un día soltó otro pato. No volvió. Luego volvió el último pato con barro en el pico. Indio supo que aguas bajaban. Cuando toda agua desapareció, indio bajó del árbol. Hizo hierba. Hizo ave y animal. Hizo hombre y castor. Hombre y castor hicieron todos los demás indios.

—A fe mía —declaró Matt—, es casi como el relato de la Biblia. ¿En dónde lo aprendieron los indios?

Attean se encogió de hombros.

—Historia muy vieja. Indios necesitan mucho tiempo para contarla. Yo no conozco palabras del hombre blanco.

—La has contado muy bien. ¿Pero quien era ese Glu...? ¿Cómo le llamaste?

—Gluskabe. Poderoso cazador. Vino del Norte. Muy

fuerte. Hizo soplar el viento. Hizo trueno. Hizo todos animales. Hizo indios.

Matt se sintió asombrado. Había oído que los indios adoraban al Gran Espíritu. Ese Gluskabe no le parecía el Gran Espíritu. Se le antojaba más como uno de los héroes de los cuentos que le narraba su madre cuando era muy niño. Decidió que resultaría descortés seguir preguntando. Se preguntó si los indios tendrían muchas historias como aquellas. ¿Y cómo podía ser que en el bosque hubiesen llegado a saber lo de la inundación?

CAPÍTULO QUINCE

El día de su más grande aventura Attean llegó sin su perro. Así que no hubo advertencia previa.

Matt se hallaba de buen talante aquel día porque, merced a un maravilloso golpe de suerte, había cobrado un conejo con su arco. Era la primera vez que sucedía aquello y más bien se debió al conejo que a su propia destreza. El estúpido animal se quedó quieto y le permitió apuntar cuidadosamente. Tanto daba, estaba satisfecho de sí mismo e incluso le complació más que Attean estuviera allí para verlo.

Los dos chicos decidieron volver a la presa de los castores. Matt no quiso dejar allí el conejo por si algún animal ladrón lo descubría. Caminaba tras Attean, balanceando desenfadadamente el conejo por las orejas como siempre hacía Attean, cuando de súbito el indio se detuvo, tenso todo su cuerpo. Matt no consiguió advertir nada anormal y abría ya la boca para hablar cuando Attean le impuso silencio de un manotazo. Entonces percibió un ruido en la maleza que tenía ante sí. No un crujido de la vegetación como el que hace una perdiz o una serpiente. Ni el de un animal atrapado. Esta vez era el movimiento de algo que se desplazaba

71

lenta y pesadamente. Sintió un calambre de frío en el estómago. Tenso también, permaneció junto Attean, sin permitirse respirar apenas.

Una mata se inclinó hacia un lado. A través de las hojas asomó una parda cabeza. Más grande que la de un perro y también más peluda. Era un osezno. Matt pudo distinguir los ojillos que les observaban con curiosidad, el pardo morro que se arrugaba ante el extraño olor de unos seres humanos. El pequeño animal resultaba tan cómico que Matt estuvo a punto de echarse a reír sonoramente.

—¡Chist! —le previno Attean en un susurro.

Crujió la maleza y un gruñido grave brotó de los matorrales. De la espesura brotó una inmensa zarpa que derribó al osezno y le hizo desaparecer. En su lugar se alzó una inmensa masa parda. Entre la hojarasca asomó entonces una cabeza tres veces mayor que la del osezno. En aquellos pequeños ojos no había curiosidad, sólo un rojizo destello de ira.

Por alguna razón Matt tuvo el acierto de no echar a correr. Se quedó inmovilizado en el sendero. De unos cuantos saltos, un oso es capaz de alcanzar a un hombre lanzado a la carrera. Y éste se hallaba tan sólo a dos saltos de distancia. El oso movía lentamente la cabeza de un lado para otro. Su corpachón apartaba las ramas como si fuesen telarañas. Se balanceaba, desplazando su peso de unas patas a otras. Se alzó con calma sobre sus cuartos traseros. Matt pudo distinguir sus malignas y curvadas garras.

Nunca supo Matt por qué se comportó de aquella manera. Jamás recordó haber pensado en hacerlo; horrorizado, permaneció quieto, mirando al animal a punto de atacar. Pero en un instante recobró el movimiento. Balanceó el conejo que llevaba de las orejas y lo lanzó derecho hacia la cabeza del oso. El pequeño cuerpo acertó al animal en el morro. Con un estremecimiento el oso se sacudió como si quisiera ahuyentar un mosquito. El conejo, inútil, cayó al suelo. El oso ni siquiera se molestó en mirarlo. Le había distraído de su propósito por sólo un instante pero en aquel instante algo vibró en el aire. Se oyó un seco chasquido y después el golpe sordo de un impacto. Entre los ojos de la hembra se clavó el asta de una flecha de Attean. Cuando comenzaron a descender las manoteantes zarpas delanteras, una segunda flecha alcanzó a la osa justo debajo de la paletilla.

La enorme cabeza se estremeció y se hundió en el suelo. Attean lanzó un grito salvaje hacia adelante, clavando muy hondo su cuchillo, justo bajo la primera flecha. Aún apenas consciente de su movimiento, Matt saltó tras él. Sacando su propio cuchillo del cinturón, lo hundió en el pardo pelaje. La cuchillada no fue certera pero ya no era necesaria. Los muchachos contemplaron la agitación de los costados de la osa que pocos momentos después cesó.

Matt examinó con horror al animal. Aún mostraba desnudos sus terribles y amarillentos dientes. La saliva y la sangre goteaban de las mandíbulas entreabiertas. Se habían velado los ojillos que tan salvajemente relucían antes. Las ga-

rras, largas y afiladas, eran ya inútiles y las manchaba la tierra que habían excavado al caer.

Ahora que nada había que temer, Matt sintió que le temblaban las rodillas. Esperaba que Attean no se hubiese dado cuenta y consiguió mostrar una amplia sonrisa para disimular sus temblores. Pero Attean no le sonrió a su vez. Permaneció en pie junto a la osa y empezó a hablar, lenta y solemnemente, en su propia lengua. Y habló durante un tiempo.

—¿Qué decías? —preguntó Matt cuando el indio concluyó.

—Dije a la osa que no quería matar —replicó Attean—. Indio no mata osa con cachorro. Dije a la osa que nosotros no venir aquí a cazar.

—¡Pero pudo habernos matado a los dos!

—Quizás. Pedí a la osa que perdonar haber tenido que matar.

—Bien, te agradezco mucho que lo hicieses —repuso resueltamente Matt. Estuvo a punto de decir que jamás había pasado tanto miedo en su vida, pero lo pensó mejor y calló.

Attean le observó y de repente su solemnidad se disolvió en una sonrisa.

—Te mueves rápido —dijo— como un indio.

Matt sintió que sus mejillas se tornaban rojas.

—Tú le mataste —dijo sinceramente. Y sin embargo sabía que él había desempeñado un papel. Había proporcionado a Attean el instante preciso para disponer su flecha.

Attean empujó a la osa con el pie.

—Pequeña —declaró—. Pero tiene la misma grasa. Buena para comer.

¡Pequeña! ¡Aquella monstruosa criatura! Desde luego era demasiado grande para que pudieran llevarla los dos chicos. Parecía que Attean no tenía intención de probarlo.

—Mejor una *squaw* ahora —dijo—. Voy a decirlo.

74

—¿Quieres decir que una *squaw* va a llevar esta pesada carga?

—Cortará la carne y después llevará. Trabajo de *squaw* —replicó Attean. Era evidente que él había realizado el trabajo de un hombre y que ya lo había concluido.

—El osezno —recordó entonces Matt. No se le veía por parte alguna.

Attean meneó la cabeza.

—Deja ir al cachorro —repuso—. Cuando vuelva *sigwan,* él muy grande para comer.

—Coge el conejo —le recordó Attean.

Matt observó con desagrado el conejo, casi oculto bajo la pesada zarpa de la osa, el pelaje revuelto y cubierto de sangre. Hubiese preferido no volver a tocarlo pero lo recogió obedientemente. Al fin y al cabo, era la cena. Y sabía que en el mundo de Attean todo lo que se mata debe ser utilizado. Los indios no mataban por deporte.

Cuando Attean desapareció en el bosque, Matt se quedó mirando a la primera osa que veía en su vida. Se sentía molesto. Desde luego Attean había matado a la osa. Era legítimamente suya. Pero a Matt le hubiera gustado recibir un poco de toda aquella carne o siquiera una de esas grandes garras para mostrársela a su padre. Entonces recordó las palabras de tributo del chico indio. Se había movido con rapidez, como un indio. Ya tenía bastante que compartir.

CAPÍTULO DIECISÉIS

A la caída de la tarde Matt se sentó junto a la puerta de la cabaña. No era capaz de hacer nada. Se sentía inquieto y la excitación dominaba aún su cuerpo. Necesitaba hablar con alguien. Deseaba contar a su padre la aventura de la osa. Al pensar en su padre, percibió la sierpe de la preocupación arrastrándose tras cualquier otra idea. Aquella obsesión se tornaba más frecuente cada día. ¿Qué era lo que tanto demoraba la llegada de su padre?

¿Le habría sucedido algún accidente? El encuentro con la osa había quebrado la confianza de Matt en el bosque. Ahora le parecía más próximo por cada costado, más sombrío y amenazador. ¿Y si no consiguió volver a Quincy? ¿Cómo sabría su madre hallar aquel lugar o siquiera enviar a alguien que le buscase? Matt envolvió su propio pecho con los brazos. Pero el frío estaba dentro. No desaparecía.

De repente algo se movió en la linde del bosque. Matt se puso en pie de un salto. Un desconocido caminaba hacia él por el calvero. Con un horrible escalofrío por el espinazo, Matt contempló aquel rostro espantosamente pintado. Luego reconoció a Attean, un Attean muy distinto del chico que había caminado con él por el bosque aquella misma

76

mañana. El muchacho indio había lavado su cuerpo, que ahora brillaba de grasa fresca. Había peinado hacia atrás la maraña de su pelo negro. A lo largo de sus mejillas y por su frente se extendían anchos trazos de pintura azul y blanca. De un cordel en torno de su cuello colgaba una fila de uñas de oso.

Por si Attean había advertido su primer sobresalto, Matt le acogió con desenfado.

—¿Para qué son las pinturas de guerra? —preguntó.

—No son pinturas de guerra —replicó Attean—. *Squaws* preparan banquete con osa. Mi abuelo dice que vengas.

Matt titubeó, incapaz de dar crédito a lo que oía. Necesitó un instante para comprender que se trataba en realidad de una invitación.

—Gracias —tartamudeó—. Estoy seguro de que me gustará algo de esa carne de oso. Espera a que recoja mi chaqueta.

—Cierra la puerta —le recordó Attean—. Quizás llegue otro oso.

Attean se hallaba de buen humor. Había gastado con él una de sus inesperadas bromas.

—Largo camino —dijo Attean al cabo de cierto tiempo. Matt se hallaba seguro de que habían estado andando deprisa durante más de una hora. Recordó que Attean había hecho ya todo el trayecto hasta la cabaña para recogerle y guardó silencio. Estaba tan oscuro que apenas podía ver en donde ponía un pie, pero comprendió que iban por un sendero que se empleaba con frecuencia. Justamente cuando el último resplandor del día brilló por encima de las copas de los árboles, llegaron a la orilla de un río. En su orilla se encontraba varada una pequeña canoa de corteza de abedul. Attean le hizo una seña para que subiera. Entonces la empujó y, ligero, saltó a la embarcación en la oscuridad. Su paleta se movía sin hacer ruido. Satisfecho de hallarse sentado, Matt se sintió enajenado por la velocidad, el silencio y las sombras que se deslizaban sobre el plateado río. Lamentó que tras unos cuantos golpes más de paleta llegaran a la otra orilla.

Ahora Matt pudo distinguir unos destellos de luz muy adentro del bosque. Attean le condujo hasta allá y luego el camino se interrumpió ante un sólido muro de postes enhiestos. Una empalizada. Por vez primera Matt se vió acometido por un acceso de inquietud. Pero, más fuerte que cualquier duda, la curiosidad le impulsaba. Ni por un momento pensó en volver. Siguió con ansiedad a Attean que penetró por una oquedad hasta desembocar en un espacio abierto rebosante de humo, de sombras que se agitaban y de espacios que iluminaban de modo incierto unas antorchas de corteza de abedul.

En torno de él se alzaban en un círculo las siluetas imprecisas de cabañas y *wigwams* cónicos. En el centro del círculo, entre dos muros de troncos, ardía un fuego estrecho y largo. Suspendidos de maderas colgaban tres grandes calderos de hierro que enviaban al aire humeante rosadas volutas de vapor. La fragancia de la carne cocida y de las hierbas picantes que la sazonaban produjo cosquilleos en el estómago de Matt.

Entonces fue consciente de la presencia de los indios. Estaban sentados en silencio a cada lado del fuego; sus rostros pintados relucían de un modo espectral bajo aquella luz flameante. Lucían una extraña mezcla de indumentarias, algunos con casacas y chaquetas de los ingleses, otros se envolvían en mantas de colores llamativos. Unos pocos mostraban plumas que se alzaban enhiestas de las tiras de cuero que ceñían sus cabezas. Por todas partes relucía el metal sobre brazos y pechos. Iban y venían mujeres de faldas de tejidos brillantes y extraños gorros puntiagudos que, sin hacer ruido alguno, añadían leña al fuego o removían el contenido de los calderos. La luz se reflejaba en sus brazaletes y collares de plata. Estaba bien claro que los indios habían vestido sus mejores galas para el banquete. Matt se sintió súbitamente avergonzado del aspecto tan lamentable que él debía ofrecer a sus ojos. ¿Qué hubiera podido hacer aunque Attean se lo hubiese advertido? No tenía otras ropas que ponerse. Probablemente lo sabía Attean y por eso no le había dicho nada.

Nadie pareció reparar en él. Sin embargo se sentía consciente de las miradas impertubables de la fila que tenía ante sí. Los otros no volvieron la cabeza. Parecían estar aguardando. En el silencio el corazón de Matt latía con tanta fuerza que, con seguridad, tuvieron que oírlo todos.

Tras una larga pausa un hombre se puso lentamente en pie y acudió hacia él. Era Saknis, apenas reconocible bajo las pinturas que cubrían su rostro. Lucía una larga casaca roja, adornada con un magnífico collar de cuentas y brazaletes metálicos. Una corona de plumas se alzaba de la tira de cuero que ceñía su frente. Caminaba muy erguido y sus adustos rasgos reflejaban orgullo. ¡Caramba —pensó Matt— parecía un rey!

—*Kweb* —dijo Saknis con dignidad—. Muchacho blanco bienvenido.

Con un alarido súbito y aterrador las filas de indios repitieron la bienvenida.

—*Ta bo* —gritaron—. *Ta bo. Ye bye bye.*

—*Kweb* —tartamudeó Matt a guisa de respuesta. Y luego con voz ya más firme—. *Kweb.*

Los indios parecieron satisfechos. Las sonrisas brillaron en sus caras morenas. Hubo risotadas y, luego, olvidándose al parecer de él, empezaron a parlotear entre sí. De todas partes surgieron niños que le rodearon entre risitas, atreviéndose a tocarle. El corazón de Matt frenó la velocidad de sus latidos. Nada había que temer en este lugar pero, tras las semanas de silencio en su cabaña, el ruido se le antojaba ensordecedor. Agradeció que Attean acudiera en su rescate y le llevara a sentarse en el extremo de un tronco. Se acercó una anciana y le tendió una cal.yaza. Contenía una bebida dulzona y ácida con sabor a sirope de arce, que le supo bien en su boca seca.

Saknis alzó un brazo e instantáneamente se detuvo el clamor. No había duda de que quien allí mandaba era el abuelo de Attean. Un indio le trajo una larga pipa y Saknis se la llevó a los labios. Con lentitud exhaló una larga voluta de humo. Las filas de indios aguardaron respetuosamente a que hablara. Pero, por el contrario, el anciano se volvió hacia su nieto y le tendió la pipa.

Attean avanzó hacia el centro del claro. Matt nunca le había visto así, erguido y esbelto, relucientes los brazos y piernas desnudos bajo la luz del fuego. Orgullosamente, tomó en sus manos la pipa, se la llevó por un instante a los labios y después la devolvió a su abuelo. Entonces comenzó a hablar.

Matt no necesitaba entender las palabras. Pronto comprendió que Attean estaba contando la aventura de aquella mañana. Observando sus gestos, Matt sintió revivir la caminata por el bosque, el encuentro con el osezno, la terrible osa a punto de atacarles. Mientras Attean hablaba, indios estimulaban al muchacho con gruñidos y gritos de aprobación y de complacencia. Attean tensó su cuerpo. Profirió un alarido, señaló a Matt e hizo girar con violencia un brazo, lanzando un imaginario conejo. Las figuras sedentes prorrumpieron en fuertes gritos, clamando «He», sonriendo mientras señalaban a Matt y repetían con sus propios brazos el gesto del muchacho blanco. A Matt le ardían las mejillas. Sabía que estaban riéndose de él. Por tumultuoso que fuese, aquel griterío era cordial. Luego se volvieron hacia Attean para seguir su relato con creciente entusiasmo.

Desde luego Attean lo había contado muy bien. La narración duró mucho más tiempo que el acontecimiento al que había dado motivo. Era evidente que todos habían disfrutado con la historia y que, al escucharla, se hicieron partícipes de la aventura. Attean era un diestro narrador. Matt pudo comprender entonces cómo les habría encantado con su interpretación de *Robinson Crusoe.*

Los indios se pusieron en pie en cuanto concluyó la narración. Formaron una larga fila. Entonces se inició un sonido que lanzó por el espinazo de Matt un cosquilleo mitad de temor y mitad de placer. Un indio solitario se había puesto a la cabeza de la fila, golpeando contra la palma de la mano una sonaja con un ritmo extraño y excitante. Se agitaba y saltaba en ridículas contorsiones, como cualquier payaso en una feria pueblerina. Los demás seguían tras él en fila, imitando sus movimientos y golpeando con sus pies el suelo a guisa de acompañamiento.

Attean se acercó de nuevo a su lado.

—Bailar ahora —dijo— luego comer.

El ritmo de la sonaja se aceleró. La fila de figuras se trenzó en torno del fuego, cada vez más aprisa. Entonces las mujeres se colocaron al final de la línea, uniendo sus brazos y cimbreándose. Por fin los niños, hasta los pequeños, empezaron a bailar, golpeando el suelo con sus piececitos descalzos.

—Baila —le ordenó Attean. Tomo del brazo a Matt y le arrastró hasta la fila en movimiento. Los hombres que se hallaban cerca le vitorearon, riéndose de los torpes movimientos de Matt. Una vez que recobró el aliento, le resultó fácil seguir el paso. Su confianza creció cuando el ritmo vibró a través de su cuerpo, relajando sus músculos tensos. De repente se sintió penetrado por una sensación de excitación y de felicidad. Sus propios talones golpeaban ahora el duro suelo. Él era uno de ellos.

Tornó a la realidad al sentir una punzada en un costado. Sus piernas amenazaban con fallarle. La danza parecía no tener final. Resuelto a que Attean no advirtiera su debilidad, se movió con mayor rapidez y golpeó el suelo con

81

más fuerza. Y cuando creía que ya no sería capaz de describir el círculo de nuevo, la danza concluyó.

Comenzó el banquete. Una *squaw* le trajo un cuenco de madera repleto de un guiso espeso y caliente, y una cuchara también de madera extrañamente tallada. El primer bocado humeante le quemó la lengua pero se hallaba demasiado hambriento para esperar. Pensó que jamás había comido nada tan bueno, oscuro, grasiento y picante. ¡Así que esto era carne de oso!

Advirtió que, a su lado, Attean no probaba la comida.

—Tú no comes —dijo con una súbita duda—. ¿Es que lo que me han dado era tu parte?

—Este es mi oso —replicó el muchacho—. Yo matar. No comer. Puede que no vuelva a conseguir otro oso.

No parecía que aquello le importara. En realidad, pensó Matt, Attean estaba más bien orgulloso de no comer.

Cuando el cuenco de Matt quedó vacío, la *squaw* volvió a llenarlo. Al acabar, la somnolencia empezó a hacer presa en sus párpados. Apenas podía mantenerlos abiertos. Attean no parecía tener prisa en marcharse. Los indios disfrutaban a más y mejor, volviendo a llenar sus cuencos, gritándose unos a otros y dándose palmadas en las piernas entre bulliciosas bromas. Era una fiesta más ruidosa que cualquiera de las que había visto Matt en Quincy, más incluso que el Día del Alistamiento. ¿A quién se le había ocurrido decir que los indios eran un montón de seres aburridos?

Por fin, sin embargo, callaron y Matt advirtió que uno de ellos estaba empezando otro relato. Prometía ser largo. Entre frase y frase, el orador chupaba de su pipa y el humo brotaba de su nariz y de su boca mientras hablaba. Matt dio una cabezada y se despertó sobresaltado. Casi se había quedado dormido sentado. Attean se echó a reír y le empujó para que se pusiera en pie. Matt gimió ante la idea de recorrer todo el camino de vuelta a la cabaña. Debía ser ya cerca de la medianoche.

Entonces vio que Attean no pensaba en el regreso. Condujo a Matt a uno de los *wigwams* y alzó la piel de ciervo que colgaba ante la entrada. Dentro ardía un pequeño fuego y a su tenue luz Matt distinguió una plataforma baja cubierta de esteras y pieles. Attean le hizo un gesto en silencio y Matt, demasiado soñoliento para preguntarle nada, dejó caer su cansado cuerpo sobre las blandas pieles. Attean atizó el fuego y le dejó solo. Una vez, mucho tiempo después, Matt se alzó al oír la sonaja y los golpes de las pisadas. Los indios danzaban de nuevo pero él agradeció hallarse en donde se encontraba.

CAPÍTULO DIECISIETE

Cuando Matt se despertó, el interior del *wigwam* se hallaba sumido en la penumbra, pero unos rayos de luz en torno a la piel de la entrada indicaban que ya era de día. A juzgar por los sonidos, la gente estaba ya en pie, afanándose en sus tareas. Pudo oír voces de hombres, gritos de niños y aullidos de perros. Tras estos sonidos se percibía el ritmo de unos golpes sordos. ¿Estarían danzando aún los indios?

Observó en torno suyo las esteras entretejidas de que estaba hecho el *wigwam* y la multitud de objetos que colgaban de aquí y de allá: prendas de ropa ya deformadas, ollas de cocinar, bolsas de extraño aspecto confeccionadas con pieles de animales, manojos de hierbas secas. Bajo la plataforma en donde había dormido había un heteróclito grupo de cestos y esteras enrolladas. Del montón de cenizas que se alzaba en el centro del suelo polvoriento se elevaba una fina voluta de humo hacia el pequeño agujero de arriba. Pero en buena parte no podía escapar por allí y formaba nubecillas por encima de su cabeza. Pronto se le metió hasta la garganta y se sentó tosiendo. Entonces se dirigió a la puerta, levantó la piel de ciervo y salió afuera.

Como si le estuviesen esperando, los niños llegaron en tropel de todas partes y le observaron con sus ojos brillantes y curiosos. La mayoría estaban tan desnudos como ranitas.

—*Kweb* —les dijo inseguro, provocando un coro de risitas. Matt se sintió aliviado al ver aproximarse a Attean.

—Dormiste mucho tiempo —le dijo Attean a modo de saludo—. Demasiado oso, creo.

Matt le sonrió avergonzado. Aún le resultaba difícil entender las concisas bromas de Attean.

Observó la aldea por encima de las cabezas de los niños. La noche anterior, en la oscuridad y a la luz del fuego, se le había presentado misteriosa y terrible. Ahora, bajo la radiante luz del sol, la advirtió miserable y atestada. Había unas cuantas cabañas de corteza de árbol. La mayoría de los *wigwams* parecían destartalados y endebles. A cada lado de parrillas de ramas sin deshojar colgaban filas de peces puestos a secar. Cubrían el suelo montones de conchas de moluscos y de huesos de animales. Los propios indios se habían despojado del esplendor de la noche anterior. Algunos de ellos, como Attean, vestían tan sólo un paño a la cintura; otros, pantalones de paños ajados y mantas andrajosas. Las mujeres habían reemplazado sus brillantes adornos con faldas y chalecos de deslucido algodón azul.

Ahora pudo advertir cuál era el origen de aquellos golpes rítmicos. Dos mujeres estaban majando maíz en un enorme mortero hecho con un tronco de árbol sobre el que se alzaban y caían alternativamente sus brazos. Cerca, otras molían en morteros más pequeños de piedras ahuecadas. Sentadas juntas, parloteaban como arrendajos, pero su charla no interrumpía ni un sólo instante el ritmo constante de sus brazos desnudos. Frente a otro *wigwam* dos mujeres entretejían juncos para hacer cestos. Cuando Matt y Attean pasaron ante ellas, les miraron sonriendo tímidamente. Todas las mujeres, advirtió Matt, trabajaban de firme. Unos cuantos ancianos se sentaban a fumar ante sus *wigwams* y un grupo de chicos, formando un círculo en cuclillas, participaban en alguna especie de juego.

—¿Dónde están los hombres? —preguntó.

—Marcharon —respondió Attean—. Antes de salir el sol. Mi abuelo dirige caza del ciervo.

Había traído consigo un pedazo de torta de maíz y juntos se lo comieron mientras cruzaban la aldea, de regreso a la canoa. Matt remoloneaba, observando cuanto había en la aldea. Hubiera querido quedarse más tiempo. Ansiaba formular centenares de preguntas. Pero Attean parecía impaciente; había desaparecido su talante afable de la noche anterior. Sin desperdiciar un movimiento, empujó la canoa hasta el agua. Les seguía un enjambre de chiquillos que se quedaron en la orilla, riendo y manoteando cuando penetraron en el río.

Matt trató de hallar una razón para el silencio de Attean.

—¿Habrías ido a la caza del ciervo —preguntó— de no haber sido por mí?

A Attean no le gustó la pregunta.

—No me llevan —reconoció por fin—. No tengo fusil.

—Pero eres un buen arquero.

Attean frunció el ceño.

—Eso es antiguo —repuso—. Bueno para niños. El indio caza ya con el arma del hombre blanco. Algún día abuelo me comprará arma. Se necesitan muchas pieles de castor. Ahora no son muchos los castores.

—Sé muy bien lo que cuesta un fusil —añadió Matt—. Tendré que esperar bastante hasta disponer de uno mío.

Hacía ya tiempo que Attean había sido informado de la visita de Ben.

—Hombre blanco puede comprar con dinero —declaró Attean—. El indio no tiene dinero. Un tiempo hubo en que tener muchas sartas de cuentas de *wampun*. Ahora *wampun* no sirve para comprar armas.

86

Había amargura en la voz de Attean. Matt comprendía ahora por qué Attean defendía tan enérgicamente la presa de los castores. ¿Era cierto que habían empezado a escasear esos animales? Matt pensó en la aldea que acababa de abandonar, cuán pobre le pareció, cuán escasas las posesiones de las que el indio podía enorgullecerse. Por vez primera Matt percibió cuál podía ser su suerte, viendo cómo sus antiguos terrenos de caza pasaban a manos de los colonos blancos y cómo los traficantes blancos les exigían más pieles de las que podían proporcionarles los bosques. Mientras caminaban entre los árboles trató de hallar un medio de aventar la tristeza de Attean.

—Fue un espléndido banquete —dijo—. Y me alegré de haber visto en donde vives. Me gustaría volver algún día.

Pero aquellas palabras sólo sirvieron para que Attean frunciera aún más el ceño.

—Mi abuela no quería que tu venir al banquete —dijo al fin—. Mi abuelo dijo que tú deber venir. Ella dijo que tú no dormir en su casa.

—Ah —dijo sin poder añadir más, desaparecido de repente su propio buen humor. Ahora se le ponían en claro muchas cosas; por qué le habían dejado dormir solo en un *wigwam* vacío; por qué había tenido Attean tanta prisa en llevárselo por la mañana. Attean, sin lugar a dudas, se había visto mezclado en una discusión familiar y aquello le había entristecido.

—Mi abuela odia a todos los hombres blancos —manifestó Attean.

Y como Matt no pudo hallar nada que decir ante aquellas palabras, Attean prosiguió:

—Un hombre blanco mató a mi madre. Fue con dos *squaws* a recoger corteza para hacer cestos. El hombre blanco apareció entre los árboles y disparó su fusil. Mi madre no había hecho daño. Ya no estamos en guerra con hombres blancos. Pero ellos siguen matando para coger cabe-

87

llera. Hombres blancos recibir dinero por cada cabellera de indio. Incluso cabellera de niños.

La indignada protesta de Matt no pasó de su garganta. Recordó que era cierto o que lo había sido mucho tiempo atrás. Había oído que durante la guerra el gobernador de Massachusetts pagaba una prima por cabellera de los indios. Attean sería por entonces un niño muy pequeño.

—Mi padre fue por el sendero de la guerra —añadió Attean—. Iba a buscar al hombre blanco que mató a mi madre. No volvió.

Matt se quedó mudo. Jamás hubiera podido imaginar que tras la vida despreocupada de Attean se ocultara algo como aquello. Nunca se preguntó por los padres de Attean; aceptó sin más que el muchacho acompañaba a su abuelo y le obedecía.

—No es extraño que nos odie —dijo al fin—. Cuando hay una guerra siempre suceden cosas terribles... en ambos bandos. Tienes que reconocer, Attean, que existía una razón. Los indios hacían lo mismo a los colonos blancos. Las mujeres blancas temían salir de sus cabañas.

—¿Por qué los hombres blancos hacen cabañas en terrenos de caza de indios?

Matt no tenía respuesta para aquella pregunta. Resultaba inútil, pensó. La guerra contra los franceses ya había terminado. Los indios y los ingleses había hecho la paz. ¿Pero terminarían alguna vez los odios? Por mucho que Attean y él recorrieran juntos el bosque, siempre habría una barrera que Attean jamás olvidaría. Presa de repente del pánico, pensó en su propia madre. ¿Estaba bien que su padre la trajera a aquel lugar?

—¿Nos odia también tu abuelo? —preguntó.

Attean no respondió en un principio. Finalmente dijo:

—Mi abuelo dice que indio debe aprender a vivir con hombre blanco.

No era la respuesta que le hubiera gustado oír a Matt.

Pero Saknis había señalado que él debía acudir al banquete. Y Saknis le había dado la bienvenida, pese a la abuela.

—Cuando llegue mi padre —declaró— quiero que conozca a tu abuelo. Me parece que se entenderán.

Attean no replicó y los dos prosiguieron su camino en silencio. Incómodo, Matt concentró su atención en el sendero que seguían. Entonces reconoció la inconfundible talla de un animalito en la corteza de un árbol. Pero cuando se volvió hacia Attean para jactarse de tal reconocimiento, le hizo enmudecer la mirada sombría de Attean. Por eso, y en vez de hablar, se limitó a estudiar las señales a medida que las pasaban. Reparó en árboles caídos como marcas a lo largo del sendero, en montoncitos de piedras, y siempre que el camino parecía a punto de esfumarse, descubría en un árbol el signo del castor.

Cuando llegaron por fin a un sendero que él conocía bien, reconoció inmediatamente el lugar en el que se reunían las dos sendas.

—«¡Caramba! —pensó, dominado por una súbita excitación—, en realidad yo podría ir solo hasta la aldea. Estoy seguro de que podría». Pero no compartió con Attean aquellos pensamientos. Sabía que, a no ser que Attean le condujera, jamás podría ir a la aldea. Saknis le había invitado al banquete por un gesto de amabilidad o quizás haciendo justicia a su pequeña participación en la muerte de la osa. ¿Tendría otra oportunidad?

CAPÍTULO DIECIOCHO

Una y otra vez, aunque conocía harto bien la cifra, Matt contó sus palos de muescas. Siempre esperaba haber cometido un error. Siempre eran los mismos. Diez palos. Eso significaba que hacía ya tiempo que había pasado agosto. No podía recordar exactamente cuántos días correspondían a cada mes, pero estimó que el de septiembre debía estar a punto de terminar. Y además le bastaba mirar en torno de él. Los arces que rodeaban el calvero habían cobrado ya un rojo llameante. Los abedules y los tiemblos amarilleaban, despidiendo un tono como el de la luz solar incluso en los días de neblina. El bosque se había tornado más silencioso. Aún chillaban los arrendajos y los herrerillos gorjeaban quedamente en los árboles, pero los más de los pájaros habían desaparecido. En dos ocasiones oyó un lejano trompeteo y había visto bandadas de patos silvestres como rastros de humo muy arriba en el cielo, camino del sur. Por la mañana, cuando salía de la cabaña, el aire frío le pellizcaba en la nariz. Por el mediodía hacía tanto calor como en la mitad del verano, pero cuando anochecía se apresuraba a meterse en la cabaña para atizar el fuego. Existía además dentro de él una frialdad que ni el sol ni el fuego conseguían ahuyentar. Le parecía que día tras día la sombra del bosque se acercaba a la cabaña. ¿Por qué tardaba tanto en llegar su familia? Le preocupaba además el hecho de que el tiempo otoñal pareciera haber sumido a Attean en un estado de inquietud. Había días en que el muchacho no se presentaba. Jamás brindaba una palabra de explicación. Al cabo de un día o de dos simplemente llegaba a la cabaña y se sentaba ante la mesa. Rara vez le sugería que fuesen juntos a cazar o a pescar. Matt recorría el bosque solo, tratando de desembarazarse de las dudas que caminaban a su lado como su propia sombra.

Cuando exploraba, Matt cuidaba de hacer tajos en la corteza de los árboles. Aquello le animaba a penetrar más adentro de lo que nunca había osado, puesto que se hallaba seguro de encontrar el camino de regreso a la cabaña. También vigilaba para descubrir señales indias y a veces tenía la sensación de haber advertido alguna. Un día, al alzar los ojos, vio en un árbol cercano el signo de la tortuga. Había llegado el momento de volver, se dijo a sí mismo. Ahora se sentía seguro en el territorio del castor, pero no estaban tan cierto de que un pueblo extraño acogería de buen grado a un intruso blanco.

Cuando comenzó a volver sobre sus propios pasos, percibió a lo lejos los aullidos entrecortados y agudos de un perro. No parecían amenazadores, pero tampoco eran como el ladrido excitado y alegre de un podenco que se ha topado con el rastro de un conejo. Casi semejaban los sollozos de un niño. Tras repetirse, se extinguieron después en un gemido bajo y entonces se acordó del zorro atrapado.

Attean le había advertido que no se entrometiera con las trampas del pueblo de la tortuga. Pero titubeó y el sonido tornó a hacerse oír. Fuera lo que fuese lo que le hubiese dicho Attean, no se sentía capaz de alejarse de aquel sonido. Cautelosamente, se abrió camino entre la maleza.

Era un perro, un flaco perro indio, cubierto de polvo

y ensangrentado. Cuando Matt se acercó, distinguió a través de las manchas de sangre los trazos de color blanco de la cara, las orejas deformadas y los bultos que en el morro causaron las púas del puercoespín. Sólo un perro en el mundo poseía aquel aspecto. Tenía atrapada una pata delantera, como le sucedió al zorro, y se debatía desesperado por el dolor y el miedo. Su mirada era turbia y una espuma blanca goteaba de sus mandíbulas entreabiertas. Matt sintió que la ira tensaba sus propios músculos. Decidió al instante lo que había de hacer. Ya había sido suficientemente malo dejar sufrir a un zorro. Tanto si aquello era de la tribu de la tortuga como si no lo era, no pensaba abandonar al perro de Attean. De algún modo tenía que liberar de ese cepo al animal.

¿Pero cómo? Cuando se inclinó, le hizo frente con tanta ferocidad que dio un salto hacia atrás. Aunque le hubiera reconocido, el perro de Attean jamás había aprendido a confiar en él. Ahora estaba enloquecido para comprender que Matt pretendía ayudarle. Matt apretó los dientes y se agachó de nuevo. Esta vez agarró con sus manos los flejes de acero del cepo y dio un tirón. Con un hondo gruñido, el perro le atacó de nuevo. Matt dio un respingo, desgarrándose la mano en los dientes de acero de la trampa. Se puso en pie y contempló el rojo corte que se extendía desde los nudillos a la muñeca. Comprendió que era inútil. No había modo de abrir la trampa, hallándose el perro tan frenético. Fuera como fuese, tenía que encontrar a Attean.

Empezó a correr por el bosque, desandando el camino por donde había ido, de retorno por los senderos que conocía, buscando en su memoria las señales de las que recordaba que conducían a la aldea india. Le acompañó la suerte. Allí estaba el signo del castor, tallado en un árbol, y allá los leños caídos. Nunca estuvo absolutamente seguro, pero siempre supo que caminaba en la dirección precisa y al cabo de casi una hora, con gran alivio por su parte, llegó a la orilla del río. No había una canoa aguardando, como estaba cuando Attean le condujo hasta aquel lugar. Pero el río no venía muy crecido y discurría plácidamente. Gracias a Dios se había criado cerca del océano y su padre le llevó a nadar en cuanto supo andar. Dejó sus mocasines ocultos bajo un matorral y se lanzó al agua. Cruzó la corriente en unos pocos momentos y, chorreando agua, llegó a la vista de la empalizada.

Fue recibido por un rabioso coro de ladridos. Los perros se deslizaron entre los troncos de la empalizada y corrieron hacia él, deteniéndose tan sólo a unos metros, pero tan amenazadores que no se atrevió a dar un paso más. Tras los perros llegaron unas chicas que calmaron a los animales con gritos estridentes y a golpes.

—He venido en busca de Attean —dijo Matt cuando fue capaz de hacerse oír.

—Las muchachas observaron fijamente. Cansado, empapado y avergonzado de haber revelado miedo ante los perros, Matt no pudo dar muestras de cortesía o de dignidad.

—Attean —repitió con impaciencia.

Una muchacha, más audaz que las otras, le respondió, orgullosa de conocer el lenguaje del hombre blanco.

—Attean no aquí —replicó.

—Entonces Saknis.

—Saknis no aquí. Todos ir a cazar.

Desesperadamente, Matt se aferró a la única posibilidad que le quedaba.

—La abuela de Attean —exigió—. Tengo que verla.

Las chicas se miraron unas a otras, turbadas. Matt echó hacia atrás los hombros y trató de imprimir a su voz la adusta autoridad que correspondía a Saknis.

—Es importante —dijo—. Por favor, mostradme en donde puedo encontrarla.

Sorprendentemente, su arrogancia tuvo efecto. Tras algunos cuchicheos, las chicas empezaron a retirarse.

—Seguir —dijo la primera muchacha y él cruzó la entrada tras ella.

No le extrañó que le condujera directamente hacia la mejor cabaña del claro. La noche del banquete advirtió que Saknis era un jefe. Ahora, frente a él, había en el quicio de la puerta una figura aún más impresionante que la del anciano. Era una mujer de edad, demacrada y arrugada, pero todavía de gran porte. Sus negras trenzas tenían mechones blancos. Permanecía erguida, apretados los labios que no disimulaban su aborrecimiento, brillantes los ojos, sin atisbos de una bienvenida cordial. Confuso, Matt se preguntó si conseguiría que comprendiera.

—Lo siento, señora —empezó a decir—. Sé que usted no quiere verme aquí. Necesito ayuda. El perro de Attean ha caído en un cepo, una trampa de acero. Traté de abrirla pero el perro no deja que me acerque.

La mujer le miraba con fijeza. No hubiera podido decir si había entendido una sola palabra. Comenzó a hablar de nuevo y entonces alguien descorrió hacia un lado la cortina de piel de ciervo que cerraba la entrada y apareció una segunda figura. Era una chica de largas y negras trenzas que colgaban sobre sus hombros. Vestía de azul con anchas bandas de abalorios rojos y blancos. Matt pensó cuán sorprendente era el parecido entre la anciana y la muchacha, una al lado de la otra, tan erguidas y altaneras.

—Yo Marie, hermana de Attean —dijo la chica con voz suave y queda—. Abuela no entender. Yo decir lo que tú dices.

Matt repitió lo que había manifestado y aguardó con impaciencia mientras ella hablaba a su abuela. La mujer escuchó. Finalmente sus hoscos labios se entreabrieron para dejar paso a una sola frase desdeñosa.

—*Aremus piz wat* —dijo—. Perro inútil.

El temor de Matt se trocó en ira.

—Dile que quizás sea inútil —ordenó a la chica—. Pero

Attean le quiere. Y está herido, muy herido. Tenemos que ir allá a quitarle ese cepo.

Había angustia en los ojos de la chica cuando se volvió de nuevo hacia su abuela. Pudo advertir que estaba suplicando y que, pese a ella misma, la anciana cedía. Tras unas breves palabras, la chica entró en la cabaña y regresó al momento, portando en su mano un gran pedazo de carne y una pequeña manta doblada bajo el brazo.

—Yo ir contigo —dijo— perro conocerme.

En su alivio, Matt olvidó el corte de la mano que ocultaba a su espalda. Al instante la anciana se adelantó y aferró su mano. Sus ojos le interrogaron.

—No es nada —declaró apresuradamente—. Casi estuve a punto de abrir el cepo.

Tiró de su brazo, ordenándole que le siguiese.

—No hay tiempo —protestó.

Le acalló con una sarta de palabras de las que sólo comprendió el desdeñoso *piz wat*.

—Ella dice perro no escapar —explicó la chica—. Mejor venir. Trampa puede hacer veneno.

No teniendo elección, Matt le siguió al interior de la cabaña. Advertía ahora que la postura erguida de la mujer había sido cuestión de orgullo y que caminaba muy encorvada delante de él. Mientras ella se afanaba en el fuego, se sentó sumiso en una plataforma baja y observó la estancia en torno de él. Le sorprendió que aquel espacio pequeño y extraño y tan diferente de la cocina de su madre pareciera tan acogedor. Se hallaba muy limpio. Las paredes estaban cubiertas de corteza de abedul. De allí colgaban además esteras entretejidas y cestos de compleja factura. El aire se había impregnado del aroma de hierbas frescas que cubrían el suelo de tierra apisonada.

Sin decir ni una sola palabra, la mujer le curó, lavando su mano con agua caliente y limpia. De una calabaza pintada extrajo una pasta de olor acre que extendió sobre la herida y luego vendó su mano con una tira de impoluto algodón azul.

—Gracias —dijo Matt cuando hubo acabado—. Ahora me siento mejor.

Le hizo callar con una imitación gruñona del «Bueno» de Saknis. La chica, que había estado observando la escena, se dirigió entonces rápidamente hacia la entrada. Cuando Matt se dispuso a ir tras ella, la abuela le tendió una torta de maíz. No había reparado hasta entonces en el hambre que sentía y la aceptó con gratitud.

La chica encabezó la marcha, apartando a los niños curiosos y a los perros aún suspicaces. En la orilla del río desató una pequeña canoa y Matt subió a la embarcación, satisfecho de no tener que empapar de nuevo sus ropas ya medio secas. Una vez en el sendero del bosque, ella marcó el ritmo de la marcha y a Matt no le resultó fácil mantener su silencioso y rápido paso. Era como Attean aunque más ligera y grácil.

Al cabo de cierto tiempo, Matt se aventuró a romper el silencio.

—Hablas muy bien el inglés —declaró.

—Attean decirme de ti —replicó—. Tú contar bien historia.

—Attean no me explicó que tenía una hermana.

La chica se echó a reír.

—Attean creer que chica *squaw* no buena para mucho. Attean sólo pensar en caza.

—Yo también tengo una hermana —añadió él—. Va a venir pronto.

—¿Cómo llamar ella?

—Sarah. Es más pequeña que yo. Pero Marie no es un nombre indio. ¿No es cierto?

—Es nombre cristiano. Mi padre hacerme bautizar.

Attean jamás había hablado de ningún sacerdote, pero Matt conocía que allí, en Maine, los jesuitas habían vivido con los indios mucho antes de que llegasen los colonos ingleses.

—¿Vendrás con Attean a ver a mi hermana cuando llegue? —preguntó.

—Puede —respondió cortésmente. Mas por el tono de su voz pareció que tal eventualidad estaba desechada de antemano.

Por fin oyeron los aullidos y echaron a correr. Incluso en su terror, el perro reconoció a la chica y la acogió con una gran agitación de su rabo. Devoró la carne que ella le tendió. Pero aun así no permitió que ninguno de los dos tocara el cepo. La chica había venido preparada al efecto y desplegó la manta que traía; cubrió la cabeza del perro y reunió detrás los extremos de la manta. Con una fuerza sorprendente sostuvo entre sus brazos la cabeza envuelta mientras Matt aferraba el cepo con las dos manos y abría lentamente sus dos piezas. El perro quedó libre en un momento, escapó de la manta y empezó a saltar sobre tres de sus patas mientras la cuarta colgaba en un extraño ángulo.

—Me temo que esté rota —dijo Matt. Aún jadeaba a consecuencia de la carrera y del esfuerzo realizado para abrir el cepo.

—Attean curar —dijo la chica, doblando la manta con la misma serenidad que si estuviese poniendo en orden una cabaña.

El perro caminaba despacio por el sendero, echándose de vez en cuando para lamer su pata ensangrentada. Avanzaban con lentitud y ahora le inquietaba a Matt advertir cuán fatigado se hallaba. Le parecía que hubiese estado todo el día recorriendo el sendero en uno y en otro sentido y el trayecto hasta la aldea se le antojaba interminable. Por eso se alegró tanto cuando, a mitad de camino del río, vio a Attean llegar velozmente por el sendero.

—Me envió mi abuela —explicó—. ¿Libraste tú al perro?

—No pude hacerlo solo —admitió Matt.

Attean observó al animal cuando se acercó cojeando hasta él.

—Perro muy estúpido —declaró—. No sirve para cazar. No sirve para oler el rastro de tortuga. ¿Para qué sirve este perro tonto?

Aquellas palabras tan duras no engañaron ni por un momento a Matt. Ni tampoco al perro. El desgreñado rabo batió alegremente el suelo. Sus ojos pardos observaron con adoración al muchacho indio. Attean echó mano a su bolsa y extrajo un pedazo de carne seca. Entonces, muy cariñosamente, se inclinó y tomó entre sus manos la pata rota.

CAPÍTULO DIECINUEVE

—Abuela dice que tú venir hoy a la aldea —anunció Attean dos días más tarde.

—Es muy amable —replicó Matt—. Pero mi mano está ya casi curada. Ya no necesito más medicina.

—No es por medicina.

Matt aguardó, inseguro de lo que sucedía.

—Mi abuela muy sorprendida de que un chico blanco fuera tan lejos por perro indio —le explicó Attean—. Dice que eres bienvenido.

Así que, una vez más, Matt cruzó el río para franquear la empalizada india. En esta ocasión, aunque le ladraran los perros y los niños le contemplasen entre risitas, ya no se sintió tan forastero en el lugar. Saknis le tendió la mano para recibirle. La abuela de Attean no sonrió exactamente, pero sus delgados labios parecían menos hoscos. Tras ella, la hermana de Attean sonrió, pero no habló. La anciana introdujo en una olla un cucharón hecho de la concha de un molusco y llenó tres cuencos con un guiso de pescado y maíz. Luego se retiró al fondo de la estancia mientras Attean, Saknis y Matt comían en silencio. Ni ella ni Marie comieron hasta que los hombres concluyeron.

Tras la comida, Attean pareció no tener prisa en despedir a su invitado. Desempeñó a las mil maravillas el papel de anfitrión y llevó a Matt por toda la aldea. Le divirtió advertir que, a cada pocos pasos, Matt se detenía para ver lo que estaban haciendo las mujeres. Matt estaba rebosante de curiosidad. Sabía muy bien que Attean desdeñaba el trabajo de *squaw* que había de realizar el muchacho blanco, pero es que Attean no tenía que preocuparse de lo que comería al día siguiente. Eran muchas las cosas que Matt deseaba aprender. Observó cuidadosamente cómo dos mujeres majaban granos secos de maíz entre dos piedras redondeadas, recogiendo la harina en bruto con una tira de corteza de árbol. Vio como extendían bayas sobre cortezas de árbol para que el sol las secara hasta ponerlas tan duras como piedras. Admiró los cestos hechos con una sola tira de corteza de abedul doblada y tensada tan herméticamente que era posible hervir agua dentro. «Tengo que acordarme de todo», resolvió, «si lo intentara, yo mismo podría hacerlo».

Durante cierto tiempo Attean respondió de buen talante a sus preguntas; pero finalmente se impacientó con aquel trabajo de *squaw*. Condujo a Matt hasta donde se hallaban unos chicos agrupados en círculo sobre el polvoriento sendero. Agachados en cuclillas, parecían absortos en un juego ruidoso. Los muchachos ensancharon el círculo para dejar sitio a dos más y Matt se encogió torpemente sobre sus talones para observarles.

Uno tras otro, agitaban seis pulidos discos de hueso en un cuenco de madera y de golpe los lanzaban sobre el suelo. Cada disco se hallaba marcado por una cara con un trazo de pintura roja. Los chicos se turnaban en tirarlos y el que conseguía lanzar más discos que mostraran el trazo rojo se proclamaba ganador; con aire de jactancia recogía entonces de los demás cierto número de palitos. Luego le entregaron el cuenco a Matt. Tuvo suerte. Cinco de los discos mostraron el trazo rojo y entre risas y bromas de los demás formó ante sí un pequeño montón de palitos.

¿Qué había de emocionante, se preguntó, en aquel juego tan simple que daba lugar a tal algazara? El cuenco recorría rápidamente el círculo, los palitos seguían cambiando de manos y en ese momento tuvo la respuesta. A uno de los chicos ya no le quedaban palitos para pagar. Con un gemido burlón se quitó del brazo un ancho brazalete de cobre y lo lanzó hacia el ganador.

Así que es esto, pensó Matt sin decir palabra. Más pronto o más tarde, también perderé yo. ¿Qué esperarán que les entregue?

No tuvo que aguardar mucho tiempo. Cuando le llegó de nuevo el turno, todos sus discos cayeron sobre el reverso. Tristemente, entregó hasta el último de los palitos que había ganado. Estalló un grito de júbilo y luego aguardaron.

«¿Qué es lo que he de hacer?» pensó desesperadamente. En su bolsillo no tenía nada más que la navaja y su vida dependía de aquel cuchillo.

Entonces el chico que tenía más cerca tendió la mano y tiró con fuerza de la manga de su camisa. Matt hizo como que no lo entendía y el chico tiró con más fuerza. Otros dos se pusieron en pie, evidentemente dispuestos a quitarle la camisa por detrás. Attean no hizo ni siquiera un gesto para ayudarle. Hoscamente, se despojó de la camisa por la cabeza y la lanzó al ganador. Le estaba bien empleado, juzgó. Su padre siempre le había prohibido jugarse nada. ¿Pero qué iba a hacer sin aquella camisa? Era la única que tenía.

Entoces Attean puso fin a la partida. Se alzó de un salto y en un abrir y cerrar de ojos sacó de alguna parte una blanda pelota hecha de piel de ciervo. Al instante los otros corrieron en todas direcciones y volvieron con delgados palos. Uno de éstos fue confiado a Matt. Era un objeto curioso, ligero y flexible, con una superficie ancha y curvada en un extremo. Olvidando su humillación, Matt sonrió de

101

repente. Con un bate en la mano era capaz de enfrentarse con cualquier indio. Bien lo sabían los chicos de Quincy. De buena gana se unió al grupo que ruidosamente estaba sorteando el terreno.

Pero jamás había participado en un juego como éste, tan rápido e implacable. Estaba prohibido tocar la pelota con la mano o con el pie. Había que hacerla volar por el aire sólo con los bates. Cuando caía al suelo, algún jugador la recogía con el extremo de su bate y la lanzaba de nuevo, girando sobre sí misma. Los chicos indios eran sorprendentemente rápidos y diestros y manejaban sus palos sin cuidarse de las cabezas de los demás y mucho menos de la de Matt. Se hallaba seguro de que no fue accidente el codazo que recibió en su ojo derecho. Aquellos muchachos estaban poniéndole a prueba. Ignorando los golpes que llovían sobre su cabeza y sus hombros, Matt se precipitó una y otra vez sobre aquella pelota tan rápida. Una y otra vez fallaba sus golpes pero a veces experimentaba con satisfacción el golpe seco del bate contra el cuero de la pelota. Se alegró de no llevar entonces camisa. ¡Si hubiera vestido tan sólo un paño a la cintura como los demás en vez de aquellos ajustados calzones ingleses! Pero no tenía tiempo para preocuparse de la ropa. Por fin, y de pura suerte, lanzó la pelota hasta el agujero que en el suelo marcaba el objetivo del juego. Jadeante y sudoroso, sonrió a los de su equipo cuando le vitorearon y alzaron sobre sus hombros desnudos.

Entonces, entre alaridos, todos echaron a correr, cruzaron la entrada de la empalizada, camino del río, y se lanzaron al agua como ranas. Matt se dejó llevar boca arriba por la corriente, complacido de la frialdad que envolvía ahora sus ardientes mejillas. De repente un brazo moreno le envolvió por el cuello y le arrastró hacia abajo. Pugnando por soltarse, se agarró con ambas manos a una cabeza renegrida y los dos chicos se sumergieron juntos. Emergieron sin aliento y sonrientes. De repente Matt se sintió muy alegre. Aquello era casi tan bueno como estar otra vez en Quincy.

El sol había alcanzado ya tan sólo las copas de los pinos cuando acudió a la cabaña de Attean para despedirse de su abuela. Ella le observó con fijeza y Matt se ruborizó bajo aquella mirada atenta. Sabía que presentaba un aspecto lamentable. Tenía en la frente un chichón tan grande como un huevo y probablemente su ojo derecho estaba poniéndose morado. Se volvió y dijo a Attean algunas palabras secas. Él se encogió de hombros, salió y regresó al cabo de unos momentos con la camisa de Matt.

—Te gastaron una broma —dijo sonriendo.

—Vaya broma —replicó Matt.

Le hubiera gustado rechazar la camisa pero no podía permitirse semejante orgullo cuando sólo disponía de aquella camisa. Molesto consigo mismo, se la puso por la cabeza.

Antes de que salieran, la anciana entregó a cada chico una torta de maíz rellena de nueces y bayas. Sus ojos, como los de su nieto, se mostraban cordiales y brillantes. Matt recordó cómo le miraba su madre a veces, simulando estar enfadada pero sin poder disimular a pesar de todo el cariño que sentía por él. De súbito experimentó una aguda punzada de nostalgia.

A la puerta de la cabaña aguardaba el perro de Attean. Fue cojeando tras ellos hasta el río y cuando Matt subió a la canoa el animal saltó tras él y se acurrucó a tan sólo unos centímetros de las rodillas de Matt. Jamás había aceptado colocarse tan cerca.

Attean lo advirtió y comentó:

—El perro recuerda.

¿Era posible aquello? se preguntó Matt. ¿Podría un perro atrapado en un cepo, aunque ladrara de dolor y de miedo, sentir que alguien estaba tratando de ayudarle? ¿Podría recordar de algún modo el animal la terrible prueba por la que pasó? No cabía leer en la mente de un perro. Pero posiblemente un perro podía leer en la mente de un muchacho blanco. Poco a poco Matt alargó la mano y la puso sobre el lomo del perro. Éste no se movió ni gruñó. Suavemente, Matt le rascó tras la oreja deformada. Despacio, contra el fondo de la canoa, el delgado rabo comenzó a batir con un ritmo de satisfacción.

Al llegar a la orilla opuesta, Attean observó cómo salía Matt de la embarcación, pero no le siguió. Al parecer, no pensaba ir más allá. Y como Matt titubeara, alzó una mano. Matt pensó entonces que aquello podía ser un cumplido. Sin decir una palabra, Attean reconocía que Matt era ya capaz de cruzar el bosque. Devolviendo el saludo, Matt se puso en marcha con más confianza de la que realmente sentía. Estaba oscureciendo. Tendría que caminar deprisa porque de otro modo no sería capaz de identificar las señales a lo largo del sendero.

Se hallaba muy cansado. Le palpitaba el chichón de la frente y, de hinchado que estaba, casi se le cerraba un ojo. Pero, para sorpresa suya, se advertía íntimamente satisfecho. ¿Era porque al fin el perro de Attean le había revelado que confiaba en él? No, había cambiado algo más que eso. Había pasado por una especie de prueba. En manera alguna plenamente victorioso; le sobraban magulladuras para recordarlo. Pero al menos no había dejado a Attean en mal lugar. Se encontraba a gusto. Y, por vez primera desde que le dejó su padre, no se sintió sólo en el bosque.

CAPÍTULO VEINTE

Matt aguardó con ansiedad durante los días que siguieron. Concluía sus tareas muy temprano de tal modo que, si Attean le avisaba, pudiera estar listo para ir de nuevo a la aldea india. Mas Attean no aparecía. Matt resolvió tener paciencia, pero jornada tras jornada su confianza comenzó a desvanecerse. Tal vez, imaginó, se debía a que sólo había superado una prueba. Quizás había fracasado ante los ojos de Attean.

Transcurrió una semana hasta el regreso de Attean y, en cuanto le vio, Matt supo que no había invitación. El muchacho indio se mostraba solemne y serio y se asemejaba más que nunca a su abuelo. Se quedó mirando el libro que Matt abrió, pero evidentemente sus pensamientos estaban muy lejos de allí. No quería escuchar relato alguno. Parecía haberse olvidado de las palabras aprendidas la semana antes.

—Yo no recordar —dijo con impaciencia—. Mi abuelo enseñarme muchas cosas.

—¿Qué clase de cosas?

Attean no replicó de momento.

—Tiempo de cazar llega pronto —anunció por fin.

105

Matt se sintió de repente esperanzado. Tal vez no era su fracaso en la prueba lo que le había obligado a Attean a permanecer ausente. Cada año, le había dicho Attean, cuando las hojas caen de los árboles, los indios cazaban el caribú y el gran alce. Familias enteras se alejaban de sus aldeas para seguir el rastro de los grandes animales. Matt sabía que Attean anhelaba más que nada en el mundo cazar con los hombres. Podía imaginarse ahora que Attean debía haber permanecido cerca de su abuelo en aquellos días, tratando de resultar útil y de demostrar que estaba capacitado para ser uno de los cazadores.

—Yo no venir manaña —añadió Attean—. Quizás no en mucho tiempo.

—¡Vas a cazar! —declaró Matt, tratando de que no se advirtiera en su voz ningún rastro de envidia.

Attean meneó la cabeza.

—Voy a buscar mi *manitú*.

Matt se quedó extrañado. ¿Llamarían también *manitú* al gran alce?

—Tal vez tú decir espíritu —explicó Attean—. Todo muchacho indio debe tener *manitú*. Es tiempo para mí.

—¿Cómo puedes encontrar a un espíritu?

Por un momento Matt pensó que se trataba de una de las extrañas bromas de Attean. Pero jamás había visto tan serio a su amigo. Incluso preocupado.

—Mi abuelo enseñarme —repitió Attean—. *Manitú* llega en sueño.

Luego, viendo que Matt no se reía, que en realidad deseaba comprender, Attean prosiguió, tratando de explicar en su inglés imperfecto un misterio que en verdad no cabía explicar.

Cada muchacho indio, le aclaró, debe tener un *manitú* antes de poder ocupar su puesto como uno de los hombres de su familia. Tenía que hallarlo por sí mismo. Nadie podía ayudarle. Su abuelo había estado adiestrándole durante muchos días. Había tenido que aprender muchas cosas. Ahora había de someterse a la prueba.

Iría solo al bosque. En primer lugar, haría unos preparativos especiales, se bañaría cuidadosamente y tomaría una medicina adecuada para estar limpio por dentro y por fuera. Luego penetraría muy adentro del bosque y construiría con ramas un *wigwam*. Allí permanecería sólo durante muchos días. No comería nada en absoluto, ni siquiera bayas. Al ponerse el sol bebería un poco de agua de un arroyo. Entonaría las canciones que le había enseñado su abuelo y repitiría las antiguas oraciones de su pueblo para que su corazón se tornara merecedor. Si hacía todo eso, si aguardaba con fe, un día su *manitú* llegaría hasta él. Entonces retornaría a la aldea. Tendría un nuevo nombre. Se trocaría en un hombre y en un cazador.

—¿Como sería ese *manitú*? —le preguntó Matt. No había modo de saberlo replicó Attean. Podía venir de muchas maneras. Puede que en un sueño viese un ave o un animal o incluso un árbol. Quizás no viera nada sino que por el contrario oyese una voz que le hablara. No existiría posibilidad de error. Cuando llegase, Attean reconocería que estaba concebido para él.

—¿Y si el *manitú* no llega? —Matt se sintió al instante avergonzado de haber hecho aquella pregunta. Una oscura sombra había cruzado por el rostro de Attean. Había en sus ojos algo que Matt nunca había visto antes. Tristeza y, más que eso, miedo.

—Yo aguardar —dijo Attean—. Hasta que él llegar, yo nunca poder ser cazador.

A Matt no se le ocurrió nada más que decir. Se sintió aislado de su amigo de una manera que ni siquiera le había hecho experimentar nunca el desdén del muchacho. Se trataba de algo que no podía entender ni compartir. «Si encuentra su *manitú*, —pensó—, se irá con los hombres. Puede que nunca retorne aquí.»

—¿Volverás después, no es cierto? —preguntó con ansiedad, aunque en su corazón sabía que nada tornaría a ser igual.

—Yo volver —prometió Attean.

Despierto en las noches que siguieron, Matt envolvía su manta en torno a los hombros. Tenía que hacer mucho frío en el bosque. No podía borrar a Attean de su mente. ¿Cómo sería aquello de permanecer sentado en una choza, simplemente aguardando, cada vez más hambriento y más temeroso? Porque no había duda alguna de que Attean experimentaba temor. Matt estaba seguro de eso. Attean sentía miedo de fracasar, de tener que regresar a su aldea y reconocer que su *manitú* no había aparecido. Para Attean aquello constituiría una desgracia, una vergüenza que había de resultar terrible cuando sólo tal pensamiento llevó el miedo a sus ojos.

Aunque le espantase que sobreviniera el final de todas sus aventuras, Matt esperaba que Attean hallara su *manitú*.

CAPÍTULO VEINTIUNO

Y una mañana Attean regresó. Matt había aguardado, vigilando con impaciencia el sendero del bosque, sin querer alejarse de la cabaña por temor a no estar presente cuando llegara el muchacho. Pero cuando finalmente vio acercarse a Attean su corazón se contrajo. Attean no venía solo. Su abuelo caminaba a su lado. Matt presintió que aquello significaba algo malo. Quizás Saknis había acudido a hacerle algún reproche. Con seguridad sabría que los dos chicos habían descuidado las lecciones. Temiendo enfrentarse con el anciano, Matt caminó a su encuentro para darle cortésmente la bienvenida tal como había aprendido a dispensarla.

Saknis le devolvió el saludo con dignidad. No sonreía. Su rostro solemne deprimió aún más el ánimo de Matt. Luego, sorprendido, Matt se volvió hacia Attean. No se atrevió a formular una pregunta pero vio al instante que no era necesario hacerla. Sin duda alguna Attean había hallado su *manitú*. Había cambiado. Parecía más erguido y más alto. Representaba más edad y de repente Matt comprendió por qué. Los negros cabellos, que habían colgado siempre lacios casi hasta los hombros, habían desaparecido. Su cuero

cabelludo, como el de su abuelo, estaba desnudo sin más excepción que la de un solo mechón que partía desde el borde de la frente y se trenzaba formando un moño con una cinta roja. El orgullo brillaba en él como relucía sobre su piel la grasa fresca de oso.

Además portaba un fusil nuevo y flamante.

—¡Tienes un fusil! —dijo Matt, olvidando todas sus cortesías.

—Mi abuelo cambiar muchas pieles de castor —respondió Attean.

Aunque en los últimos días se había trocado en un hombre, aún no había aprendido del todo a ocultar sus sentimientos. No dijo más. Aguardó a que hablara su abuelo.

El rostro del anciano estaba serio pero no preguntó por las lecciones.

—Tiempo de sol más corto —declaró— como huellas de ave. Pronto hielo en agua.

110

—Ya sé que estamos en octubre —dijo Matt— quizás en noviembre.

No había querido consultar sus palos en las últimas semanas.

—Indios ir ahora a norte —continuó Saknis—. Cazar alce. Todos indios ir. Attean ya no venir más a aprender signos de hombre blanco.

Matt no pudo responder.

—Padre blanco no venir —siguió Saknis.

Matt replicó rápidamente.

—Tiene que estar de vuelta un día de estos.

Saknis le observó con semblante grave.

—Quizás no venir —declaró quedamente.

La irritación estalló dentro de Matt. No podía permitir que aquel hombre expresara el temor que él mismo no se había atrevido a confesarse a sí mismo.

—¡Pues claro que vendrá! —dijo en voz demasiado alta—. Puede incluso que llegue hoy.

—Nieve caer pronto —insistió Saknis—. No bueno muchacho blanco quedar aquí solo. Muchacho blanco venir con indios.

Matt le miró fijamente. ¿Quería decir que fuese a cazar con ellos? ¿Que fuera a la cacería más importante del año?

Saknis sonrió por vez primera.

—Saknis enseñar a muchacho blanco cazar alce como Attean. Muchacho blanco y Attean ser como hermanos.

Una esperanza súbita y jubilosa brotó en la mente de Matt. En aquel momento comprendió cuánta había sido la ansiedad que había experimentado. Aquello significaba una salida. No tendría que permanecer allí solo durante todo el largo invierno. Luego, con tanta celeridad como había llegado, esta nueva esperanza se extinguió. Pese a su anhelo, pese a sus temores, sabía qué era lo que tenía que responder.

—Gracias —repuso—. Me gustaría ir a la cacería. Pero

no puedo hacer eso. Si... cuando mi padre llegue... Él no sabe a dónde he ido.

—Dejar escritura del hombre blanco.

Matt tragó saliva con dificultad.

—Podría sucederle algo a la cabaña. Él la confió a mi cuidado.

—Quizás no venir —reiteró Saknis. Ahora ya no sonreía.

—Estará aquí pronto —insitió Matt. Le avergonzó que se le quebrara la voz en mitad de la última palabra—. Si no puede venir, enviará a alguien a decírmelo. Hallará algún recurso, sea cual fuere lo sucedido. Usted no conoce a mi padre.

Saknis calló por algún tiempo.

—Muchacho blanco buen hijo —dijo al fin—. Pero mejor venir. Saknis contento de que ser su *nkweniss*.

Matt sólo consiguó menear la cabeza. Las palabras de aquel hombre habían creado un nudo en su garganta.

—Gracias —consiguió decir—. Usted ha sido muy bueno conmigo. Pero tengo que quedarme aquí.

Sin decir una palabra más, Saknis le tendió una mano. Matt puso la suya en aquella mano huesuda. Luego los dos indios dieron media vuelta y se fueron. Attean ni siquiera se despidió. Aquella mañana no había lección. Ni relato. Ni incursiones por el bosque, ni pesca. Ni aquella mañana ni ninguna otra.

Casi presa del pánico, Matt hubiera deseado correr tras ellos. Decirles que había cambiado de idea. Que les acompañaría a cualquier parte antes que permanecer aquí solo, próximo ya el invierno. Pero apretó la mandíbula y se quedó en donde estaba. Al cabo de unos minutos recogió el hacha y empezó a partir leños con furia.

Sin embargo no podía dejar de pensar. ¿No estaría comportándose simplemente como un estúpido testarudo? ¿Acaso no hubiese sido lo más prudente partir con ellos? ¿No lo habría comprendido así su padre?

Recordó haber oído que muchos hombres blancos —y también mujeres blancas— que habían sido capturados por los indios y habían permanecido muchos años en comarcas selváticas, no desearon después retornar al mundo de los blancos cuando tuvieron la oportunidad de lograrlo, sino que prefirieron continuar viviendo con los indios. Jamás había comprendido aquello pero ahora lo veía claro. Ya no desconfiaba de ellos. Sabía que Attean y su abuelo se mostrarían amables, que incluso su abuela le acogería bien y que compartirían con él todo lo que tuvieran, por poco que fuese. En su cabaña había hallado amistad y buena voluntad. Había envidiado a Attean su vida libre y sin trabas en el bosque y la ruidosa camaradería de la aldea. ¿Por qué se habría decidido de haber sido capturado de niño y criado como un chico indio? Pero no era lo mismo tomar esta decisión deliberadamente. Le enorgullecía que desearan que viviese con ellos. Pero sabía que nunca podría sentirse orgulloso, como lo estaba Attean, de ser un cazador. Él pertenecía a su propio pueblo. Se hallaba ligado a su propia familia, como Attean se hallaba ligado a su abuelo. La idea de que quizás no volviese a ver a su madre era más dolorosa que el hambre o la soledad. Ésta era la tierra que su padre había dispuesto para establecer allí el hogar de todos ellos. Era también su propia tierra. No podía huir de allí. Le preocupaba que Attean se hubiese marchado sin pronunciar una sola palabra de despedida. ¿Estaría ofendido? ¿Deseaba en realidad que Matt fuera con ellos? ¿O tan sólo obedecía a su abuelo como le había obedecido en lo referente a las lecciones? Resultaba siempre tan difícil adivinar lo que Attean estaba pensando. Attean se había convertido en un cazador. Poseía un fusil. Ya no tendría tiempo para vagar por el bosque o para escuchar relatos. Ya no habría de soportar más a un muchacho blanco que en realidad nunca sería un gran cazador. Pero, pese a todo, Attean hubiera podido tenderle su mano como hizo su abuelo.

CAPÍTULO VEINTIDÓS

Contra su voluntad, Matt espiaba cada mañana la posible aparición de Attean. Cuando pasaron cuatro días resolvió que había pocas posibilidades de que pudiera volver a ver a su amigo. Los indios habrían abandonado sin duda la aldea y se hallarían camino del norte. Así que cuando divisó a Attean salir del bosque con su perro a los talones corrió a través del calvero para reunirse con él, sin cuidarse de ocultar su alivio y su alegría.

—¿Piensas de modo diferente? —preguntó Attean al punto—. ¿Vienes con nosotros?

El entusiasmo de Matt se extinguió.

—No —dijo tristemente—. Por favor, Attean, trata de entenderlo. Tengo que aguardar a mi padre.

Attean asintió.

—Comprendo —declaró—. Mi abuelo comprende también. Yo hacer lo mismo por mi padre si viviera.

Los dos muchachos permanecieron mirándose. Ya no había burla ni desdén en los ojos de Attean. Qué extraño era, pensó Matt. Tras haber soñado en realizar tantas hazañas para ganarse el respeto del muchacho, había acabado por lograrlo simplemente no haciendo nada, quedándose allí y negándose a marcharse.

—Mi abuelo te envía regalo —dijo entonces Attean.

Desató de su espalda un par de raquetas para la nieve. Eran nuevas, la madera estaba tersa y pulida y las tiras entretejidas de piel de ciervo formaban un dibujo perfecto. Antes de que Matt pudiera hallar las palabras oportunas, Attean prosiguió.

—Mi abuela te envía regalo —dijo.

Sacó de su bolsa un pequeño cesto de corteza de abedul, lleno de sirope de arce. Matt sabía que, avanzada ya la estación, el sirope escaseaba y era muy apreciado por los indios.

—Gracias —le dijo—. Dile a tu abuela que cuando volváis, yo le ayudaré a recoger más sirope para ella.

Attean guardaba silencio.

—No volver —declaró luego.

—En primavera, quiero decir, cuando concluya la caza.

—No volver —repitió Attean—. Nuestro pueblo buscar nuevos terrenos de caza.

—¡Pero aquí está tu hogar!

—Mi pueblo es cazador. Mi abuelo dice que muchos blancos venir pronto. Cortar árboles. Hacer casas. Plantar maíz. ¿En dónde cazará mi pueblo?

¿Qué hubiera podido responder Matt a esto? Sólo disponía de un argumento.

—Tu abuelo quiere que aprendas a leer —recordó a Attean—. Yo no he servido gran cosa como maestro. Pero, cuando llegue mi familia, será diferente. Mi madre te enseñará a leer y también a escribir.

—¿Para qué leer? Mi abuelo, gran cazador. Mi padre, gran cazador. Sin leer.

—Tu abuelo quiere que seas capaz de comprender los tratados —insistió Matt.

—Nosotros iremos lejos. No más hombre blanco. No necesidad de firmar papeles.

Una duda incómoda aguijoneaba desde hacía tiempo a

Matt. Ahora, antes de que Attean se fuese, tenía que aclararla.

—Esta tierra —manifestó lentamente— este lugar en donde mi padre construyó su cabaña. ¿Pertenecían a tu abuelo? ¿Eran de él?

—¿Cómo un hombre poseer tierra? —preguntó Attean.

—Bueno, mi padre la posee ahora. La compró.

—No lo entiendo —repuso desdeñoso Attean—. ¿Cómo poseer tierra? Tierra es igual que aire. La tierra es para todos viven allí. Para el castor y para el ciervo. ¿Tiene ciervo tierra propia?

¿Cómo era posible explicar aquello, se dijo Matt, a alguien que no deseaba entenderlo? De algún modo, en el fondo de su mente, brotó de súbito la sospecha de que las palabras de Attean tenían un sentido mientras que ése no era el caso de las suyas. Mejor sería no hablar de aquello. Para soslayar la cuestión, preguntó:

—¿A dónde iréis?

—Mi abuelo dice que hay mucho bosque donde sol se pone. Hombres blancos no van tan lejos.

Al oeste. Matt había oído a su padre hablar del oeste. Allí había buena tierra para el que la quisiera. Algunos de sus vecinos de Quincy optaron por ir al oeste en vez de comprar tierras en Maine. ¿Cómo podía decirle a Attean que allí habría también hombres blancos? Aun así, decían que por el oeste, las tierras no tenían fin. Consideró que había espacio suficiente tanto para los blancos como para los indios. Antes de que hubiera podido hallar un modo de explicárselo, Attean habló de nuevo.

—Yo darte un regalo —dijo—. Perro te quiere. Le diré que se quede contigo.

—¿Pero es que no piensas llevártelo?

—No bueno para cazar —respondió Attean—. Ahora, además, anda despacio. Bueno para quedarse aquí con *medabe*... con hermano blanco.

116

Las palabras despreocupadas de Attean no engañaron a Matt. Sabía muy bien cuáles eran sus sentimientos respecto de ese perro inútil que le seguía a todas partes.

¡Y Attean le había llamado hermano blanco!

Matt no pudo hallar las palabras que precisaba, pero supo que había algo que tenía que hacer. Tenía que entregar un regalo a Attean. Y no poseía nada que darle, nada en absoluto que fuera suyo. *¿Robinson Crusoe?* ¿Qué podía significar para un muchacho que ya nunca aprendería a leer?

Tenía una cosa. Al pensar en aquello, algo se retorció con fuerza en su estómago. Pero era posiblemente lo único que podía equipararse con los regalos que había recibido de Attean.

—Aguarda —le dijo.

Fue a la cabaña y bajó la caja de estaño. De su interior brotaba el tic-tac del reloj. Jamás se olvidó de darle cuerda, incluso cuando estaba demasiado cansado para hacer una muesca en un palo. Luego lo sacó y lo sostuvo en su mano, del modo en que lo cogió su padre cuando se lo entregó, como si fuera el frágil huevo de un ave. Su padre nunca lo comprendería. Antes de seguir pensando en eso un minuto más, Matt volvió corriendo a donde Attean aguardaba.

—Tengo un regalo para ti —declaró—. Dice la hora del día. Te enseñaré a darle cuerda.

Attean sostuvo el reloj aun con mayor cuidado. Era indudable que se sentía complacido e impresionado. Probablemente, pensó Matt, Attean jamás aprendería a usarlo. El sol y las sombras de los árboles le decían todo lo que necesitaba conocer acerca del momento del día. Pero Attean sabía que el regalo de Matt era importante.

—Hermoso regalo —dijo.

Muy suavemente introdujo el reloj en su bolsa. Entonces le tendió la mano. Turbados, los dos muchachos se despidieron.

—Tu padre venir pronto —manifestó Attean.

—Espero que consigas el alce más grande de Maine —replicó Matt.

Attean se volvió y se dirigió hacia el bosque. De un salto, el perro se puso en pie para seguirle. Attean le indicó que se volviera y profirió una orden seca. Sorprendido, el animal se acurrucó y puso el morro entre las patas. Cuando Attean se alejó, aulló quedamente pero obedeció. Matt se arrodilló y puso una mano sobre la cabeza del perro.

CAPÍTULO VEINTITRÉS

Matt ocupó sus jornadas con el trabajo. Arregló la cabaña. Allí en donde la arcilla se había secado y deshecho entre los troncos, trajo nuevo barro, lo reforzó con guijarros y rellenó herméticamente los huecos. Por dentro se preocupó de tapar cada grieta para que la estancia estuviese abrigada. La pila de leña amontonada contra un muro de la cabaña se hizo cada vez más alta.

Su escasa cosecha estaba ya a buen recaudo. El maíz, lo poco que había conseguido salvar de los ciervos y de los cuervos, se hallaba ya desgranado. Sentado junto al fuego tras la cena, rascaba los granos secos del carozo, recordando las largas y numerosas noches en su casa cuando a Sarah y a él les asignaban aquella misma tarea. Sarah se hubiera reído ahora de haberle visto emplear, en vez de rascador y como si fuese un indio, una vieja concha de almeja. De sus retorcidas pinocheras colgó en una pared algunas de las mazorcas, como había visto hacer a su madre. Una vez dijo que eran como pedacitos de sol en los días sombríos. Por encima dispuso de pared a pared tiras de calabaza en sartas de parra. Allí aguardarían a que su madre las convirtiese en pasteles.

Apoyó en un rincón el viejo saco de harina, ahora rebosante de las diversas variedades de nueces que había recogido e incluso de bellotas que antaño le parecieron sólo propias para las ardillas. En el estante dispuso cestos de abedul llenos de bayas secas y de arándanos, que descubrió brillando como gemas en las fangosas orillas de la charca. Picaban en la lengua pero cuando su madre viniese traería azúcar y cocidos irían muy bien con su pan de harina de trigo.

Matt se obligó a consumir parsimoniosamente todas aquellas cosas. Consideraba el maíz como una especie de depósito. Su padre lo plantó y contaría con el maíz para alimentar a su familia a lo largo del invierno. Y además había que guardar algo para la siembra de primavera. Por orgulloso que se sintiese de su cosecha, Matt sabía en lo más íntimo de sí que distaba de resultar suficiente. La búsqueda de víveres no tendría fin.

Hora tras hora, con su arco, Matt recorría el bosque con el perro a su lado. Para entonces no había mucho que cazar. Las más de las veces sus cepos se hallaban vacíos. Pronto los animales se sumirían en sus madrigueras. En dos ocasiones distinguió a un caribú moviéndose entre los árboles pero pocas esperanzas tenía de cobrar un animal tan grande con sus ligeras flechas. Muy de tarde en tarde lograba alcanzar a un pato o a una rata almizclera. Las ardillas resultaban demasiado rápidas para él. Aunque desde luego el perro no era muy cazador, de vez en cuando localizaba el rastro de algún pequeño animal. Pero también tenía que comer su parte, a veces más que eso, porque Matt no sabía resistirse a sus ojos implorantes. A decir verdad los dos estaban hambrientos la mayor parte del tiempo.

Por fortuna, no perecerían de hambre con la charca y los arroyos rebosantes de peces. Matt sabía que durante muchos meses al año las ollas indias sólo se llenaban de pescado. Por fortuna también, resultaba fácil atrapar peces aunque Matt había de estar continuamente retorciendo y trenzando nuevos sedales con enredaderas y raíces de abeto. Ahora, por las mañanas, tenía que quebrar una delgada capa de hielo que se había formado sobre la charca. Pronto tendría que abrir agujeros con el hacha y hacer descender muy hondo el sedal. Se estremeció al pensarlo.

El frío era lo que más le preocupaba. Su chaqueta de confección doméstica todavía estaba en buen estado puesto que la había empleado muy poco en el tiempo cálido. Pero sus calzones se hallaban raídos. Una rodilla asomaba por un agujero y las perneras deshilachadas acababan a más de doce centímetros por encima de los tobillos. Su camisa de lino era tan tenue como una página de la Biblia de su padre y tan pequeña para él que amenazaba con romperse a cada gesto que hacía. Incluso dentro de la cabaña, apenas le preservaba del frío. En cuanto se aventuraba afuera sus dientes castañeaban. Pensó con envidia en las polainas de piel de ciervo de los indios. Pero un ciervo se hallaba fuera del alcance de sus proezas como cazador.

Tenía dos mantas en su cama de pino, la de su padre y la suya. ¿Por qué no podía una de las dos cubrirle tanto de día como de noche? Extendió una manta sobre el suelo y la cortó con el hacha y con su cuchillo, empleando como patrón sus raídos calzones. De los retales que le sobraron sacó hilos y los trenzó. Había visto a las mujeres indias emplear agujas de hueso y buscó por los alrededores de la cabaña hasta encontrar algunos pedazos delgados y duros de hueso. Entonces los afiló con su cuchillo. Echó a perder tres de los fragmentos al intentar hacer un agujero en el hueso hasta que se le ocurrió que bastaría con una ranura para sujetar el hilo. Finalmente consiguió coser los pedazos de lana. Introdujo sus piernas en aquellos calzones deformes y con una cuerda se ciñó la parte superior a la cintura. Quedó muy complacido de sí mismo. Constantemente se veía obligado a tirar de los calzones hacia arriba y estaba seguro de que se caería si tenía que correr, pero al menos podía arrodillarse sobre el hielo y tender cómodamente sus sedales.

Con dos pieles de conejo se hizo unos mitones sin pulgares. Carecía de medias y sus mocasines de piel de alce estaban ya muy desgastados. Decidió que podía rellenarlos con lo que le había sobrado de la manta e incluso con plumas de pato. Recordó que una vez, durante un aguacero, Attean le había enseñado a forrar sus mocasines con musgo para protegerse de la humedad. Tal vez el musgo podría protegerle también del frío y por allí abundaba el musgo.

Su logro más satisfactorio fue el gorro de piel. Para esto sabía que tenía que contar con una piel suficientemente grande. En el bosque Attean le señaló una vez una trampa construida de troncos pesados, tan intrincadamente equilibrados que caerían con precisión mortal sobre el animal que tratara de apoderarse del cebo dispuesto en su interior. Con tales trampas se cazaban castores y nutrias, le explicó Attean y, a veces, hasta osos. Matt resolvió montar una de esas trampas. Quizás pequeña. Hubiera necesitado un tronco muy grueso para aturdir siquiera a un animal grande y no tenía deseos de enfrentarse con un oso herido. Por mucho que le agradara disponer de una piel de oso, probaría a conseguir la de un animal de menor tamaño.

Cortó y mondó dos árboles de buen grosor. Disponer los troncos sobre postes más ligeros fue una hazaña de complejo equilibrio que requirió horas de pacientes ensayos y de repetidos fracasos. Una y otra vez caían, poniendo en peligro los dedos de sus manos y de sus pies. Por fin se sostuvieron a satisfacción de Matt y cuidadosamente deslizó tres peces dentro de la trampa.

Con gran sorpresa por su parte, a la tercera mañana halló un animal bajo los caídos troncos, tan malherido que apenas hubo de rematarlo. Era más pequeño que las nutrias que había visto jugar por las orillas. ¿Quizás una comadreja?

Aquella noche el perro y él se regalaron con un banquete de carne asada. Tenía un sabor muy fuerte y sabía que los indios no prueban esa carne, pero él no podía ser tan melindroso. Colgó además tiras de carne para ahumarla. Dispuso también una parca provisión de grasa amarillenta. Usada con tasa, una cucharada de tal grasa mejoraría su comida habitual a base de pescado. El auténtico tesoro era la piel, gruesa y lustrosa. La trabajó despaciosamente, como había visto hacer a las mujeres indias. Con una piedra afilada eliminó hasta el más ligero rastro de grasa y de carne, después la lavó en el arroyo y durante días la frotó y la estiró para que se pusiera suave y flexible. Luego comenzó a coser con su aguja de hueso. Quedó enormemente orgulloso del gorro que logró. El mismo Saknis se lo habría envidiado.

Hizo la mayor parte de esta tarea al resplandor de la hoguera. Echaba de menos las velas. Cenaba a la luz de teas de pino introducidas en una grieta de la chimenea. Le daban luz suficiente pero humeaban y goteaban una resina pringosa y siempre temía dar una cabezada y despertar viendo cómo ardían los troncos que formaban el hogar. De todas maneras, tras un día de cortar leña y de vagar por el bosque se hallaba demasiado cansado y se iba a la cama en cuanto oscurecía.

Con harta frecuencia, y siempre que realizaba este trabajo de *squaw* que hubiera despreciado Attean, los pensamientos acerca de su madre llenaban su mente. La imaginaba yendo y viniendo por la cabaña, tarareando alguna cancioncilla mientras amasaba una torta de maíz o sacudía el mantel en la puerta, porque desde luego no les permitía comer en la mesa desnuda. Podía verla sentada junto a la chimenea por las noches y oír el entrechocar de sus agujas mientras hacía para él unos calcetines de lana. A veces casi era capaz de percibir el sonido de su voz y cuando cerraba los ojos podía distinguir su sonrisa peculiar.

Trataba de imaginar diversos modos de complacerla. Necesitaría nuevos platos para las magníficas comidas que prepararía. Matt talló cuatro platos y otros tantos cuencos de madera que luego pulió con arena del riachuelo. Con vástagos de abedul hizo un cepillito para limpiarlos, escindiendo cuidadosamente los extremos en delgadas fibras. Según el mismo procedimiento, fabricó una robusta escoba de renuevos de abedul para barrer el suelo. Luego se consagró a una tarea más difícil, la de construir una cuna para el bebé. Disponiendo tan sólo de un hacha y de su cuchillo, el trabajo requirió de toda su paciencia. Sus primeros intentos sólo dieron como resultado leña para la lumbre. Pero cuando la cuna estuvo terminada, se sintió orgulloso de su obra. Quizás resultaba chapucera pero podía mecerse sin sobresaltos y en parte alguna había una sola astilla que pudiera dañar la piel de un bebé. Sentado junto al fuego, aquella cuna se le antojaba como una promesa de que su familia estaría allí pronto. Cuando dispusiera de unas cuantas pieles de conejo más haría un cubrecama.

A Sarah le hizo una muñeca con una pinochera de maíz y de pelo le puso cabellitos de choclo. Le sorprendió advertir cuánto aguardaba la llegada de Sarah. Allá en casa nunca había sido nada más que una niña que le importunaba, siguiéndole a todas partes y pidiéndole que le dejara ir con él allá a donde fuese. Ahora se acordaba de cuando corría a recibirle a su llegada de la escuela, agitando sus coletas, brillantes los ojos, exigiendo saber todo lo que había sucedido allí. Sarah odiaba terriblemente ser una chica y no tener escuela a donde ir. Se sentiría llena de curiosidad en el bosque. No se mostraba miedosa, como les sucede a la mayoría de las niñas. Era bastante audaz como para enfrentarse con casi todo. Era como aquella chica india, la hermana de Attean. ¡Qué lástima que no hubieran llegado a conocerse!

CAPÍTULO VEINTICUATRO

Matt observó el cielo por encima del calvero.

—Va a nevar —dijo al perro—. ¿Lo notas, verdad?

El perro alzó su hocico, percibiendo los signos en el aire.

Matt consideraba que hasta entonces había sido afortunado. Aún no habían sobrevenido las grandes nevadas. Habían caído copos finos que se agitaban en tenues torbellinos entre los árboles. Muchas mañanas, al despertar, hallaba sobre el tejado una capa blanca que fundía el sol de mediodía. Hoy todo parecía distinto. El cielo se había tornado del color del plato de estaño de su madre. Las hojas ajadas y pardas de los robles colgaban inmóviles de las ramas. Tres ruidosos cuervos hurgaban entre los secos tallos del maizal. Una bandada de pajarillos bullía nerviosamente bajo los pinos.

—Ya casi es Navidad —dijo en voz alta.

No estaba seguro de cuántas semanas tenía cada mes. A veces ni siquiera tenía la certeza de haber hecho una muesca cada día. Todos eran iguales y el de Navidad, cuando llegase, nada tendría que lo distinguiese de los demás. Trató de alejar de su mente el pensamiento del pudin navideño de su madre.

—Mejor será que consiga más leña —dijo, y el perro fue ansiosamente tras él.

Después la nieve comenzó a caer silenciosa y con firmeza. Antes de que oscureciera una blanca capa cubría los árboles, los tocones y la cabaña. Cuando Matt y el perro salieron afuera a la hora de acostarse, la helada blancura penetró a través de sus mocasines y envolvió sus desnudos tobillos. Ambos se sintieron satisfechos al volver adentro a toda prisa.

A la mañana siguiente, en la oscuridad de la cabaña, Matt se dirigió hacia la puerta. Apenas pudo abrirla. La nieve acumulada afuera llegaba casi al cerrojo. La contempló alarmado. ¿Llegaría a quedarse prisionero en su propia cabaña? Pese a todos sus preparativos, jamás había pensado en hacerse una pala. Su hacha le serviría a este efecto tanto como una cucharilla de té. Se ingenió para debastar un leño y lograr una especie de tabla. Pero cuando logró abrir un camino de unos cuantos palmos, el sol estaba ya alto. Y entonces salió afuera, a un mundo blanco y deslumbrante.

Por fin podía emplear las raquetas que colgaban de una pared de la cabaña. Afanosamente, enrolló las tiras de cuero en torno de sus piernas y escaló el final del sendero que había excavado. Las raquetas le sostenían muy bien sobre la nieve; se quedó allí como un pato sobre el agua. Pero cuando dio los primeros pasos, descubrió que ni siquiera era capaz de moverse como un pato por tierra. El cerco de cada raqueta tropezaba en el de la otra y acababa pisándolas. Al instante, sin embargo, dominó al técnica del desplazamiento y entonces sintió ganas de gritar.

Recorrió uno tras otro los diversos cepos, aguardando cada vez al perro que, alegre y torpemente, corría tras él. Los cepos se hallaban muy hondos, enterrados bajo la nieve y estaban vacíos. Los alzó por si acaso algún animal se aventuraba fuera de su madriguera. Entonces fue hasta la charca por el puro placer del paseo. De regreso por el bosque, se sorprendió al ver sus propias huellas, como las que hubiesen dejado las garras de una gigantesca ave. De súbito comprendió que se sentía feliz, como nunca había estado desde que se marchó Attean. Ya no temía el invierno que le aguardaba. Las raquetas le había otorgado la libertad.

La cabaña le pareció cálida y acogedora. Fundió nieve en la olla y preparó una infusión de brotes de abeto canadiense. Peló y machacó un puñado de bellotas y las coció con una raja de calabaza. Después, por vez primera en semanas, tomó en sus manos *Robinson Crusoe*. Leyéndolo a la luz del fuego, se sintió amodorrado y satisfecho. Puede que resultara fácil la vida en una cálida isla del Pacífico, pero Matt pensó que ni por un momento la hubiera cambiado aquella noche por su abrigada cabaña enterrada en la nieve.

CAPÍTULO VEINTICINCO

Tres días más tarde el tiempo amenazó otra vez nevada y Matt recogió un buen montón de leña para que se secara adentro. Acababa de llevar su tercera brazada cuando oyó al perro ladrar cerca de un modo frenético. Le descubrió en la orilla del riachuelo, separadas las patas y erizado el pelo del lomo. Matt recobró el aliento mientras escrutaba a lo largo del cauce. Algo oscuro se movía sobre la helada corriente, demasiado grande para ser un animal, ni siquiera un alce. Luego vio a un hombre que tiraba de una especie de trineo. No andaba como un indio. Mientras observaba, distinguió una segunda silueta, más pequeña, justo cuando doblaba la curva del riachuelo.

No se atrevió a gritar por miedo a que desaparecieran como fantasmas. Permaneció inmóvil mientras su corazón latía con fuerza.

—¡Papá! —gritó sofocado—. ¡Papá!

Su padre arrojó el fardo que llevaba. Sus brazos rodearon a Matt y le apretaron con fuerza, aunque no consiguió pronunciar una sola palabra. Entonces Matt vio a su madre que pugnaba por salir del trineo. Se inclinó y la abrazó. Cuán pequeña parecía, incluso bajo esa pesada capa. Sa-

rah acudió tropezando tras las huellas de su padre y se quedó contemplándole con ojos brillantes bajo la capucha de lana. Ya no era la niña que él recordaba. Se acercó y la abrazó torpemente.

Ahora todos hablaban al tiempo, tratando de hacerse oír entre el clamor de los ladridos del perro.

—¡Calla! —le gritó Matt—. ¡Esta es mi familia! ¡Ya ha llegado! ¡Ya está aquí!

Se abrieron camino entre la nieve hasta llegar a la cabaña, dejando el trineo sobre el hielo del riachuelo. Matt ayudó a su madre a franquear la entrada. Pudo advertir que apenas era capaz de mantenerse en pie y acercó un escabel al fuego para que se sentara. Se aferraba a él sin dejar de mirarle. Difícilmente la hubiera reconocido Matt, tan delgada y pálida y con tales ojeras. Pero su mirada era cariñosa y vivaz y su sonrisa tan bella como al que él había conocido.

—Decidí que teníamos que llegar antes de Navidad —dijo jadeante—. No hubiera podido permitir que pasara la Navidad sin ti. ¡Oh, Matt! ¡Estás bien!

—Fue el tifus —explicó su padre—. Todos nos contagiamos y las fiebres fueron muy malas. Nos dejaron muy débiles. Tu madre fue la que peor estuvo. Hubiéramos debido aguardar más tiempo a que se repusiera, pero se hallaba resuelta a no esperar más. El río está helado en la mayor parte de su curso. Teníamos que aguardar tres semanas en la factoría comercial a que alguien se arriesgara a llevarnos. Entonces conseguimos que nos hicieran un trineo. Pero tu madre no dejaba de acuciarnos. Es una mujer excepcional.

—Había que hacerlo —dijo ella—. Pensando en ti, solo en este lugar...

—No fue tan malo —declaró Matt animosamente—. No siempre estuve solo. Tenía a los indios.

—¡Indios! —jadeó su madre—. ¿Hay indios por aquí?

—Papá dijo que no habría —exclamó Sarah con los ojos muy abiertos—. ¿Cómo son?

—Ya se han marchado —declaró Matt—. Pero eran amigos míos.

Entonces dijo con orgullo:

—Tengo un hermano indio.

A juzgar por el modo en que le miraron, comprendió que necesitaría explicarles muchas cosas antes de que pudieran entenderlo. En realidad, pensó que jamás llegarían verdaderamente a comprenderlo. Su padre nada manifestó. Estaba observando con seriedad las raquetas apoyadas en la pared y el arco que colgaba sobre la puerta en donde hubiera debido estar el fusil. Matt advirtió que a cualquier lado hacia donde mirara tendría que ver algo que los indios le habían dado o que le habían enseñado a hacer. Pero su padre pareció pensar que no era aquel el momento para formular preguntas.

—Será mejor que descarguemos el trineo —dijo— antes de que empiece a nevar otra vez.

Matt se apresuró a ayudarle. Quedaba una pregunta que no se atrevió a hacer hasta que su padre y él estuvieron solos.

—¿Y el bebé? —dijo—. ¿Le dejaste allí?

Su padre se pasó una mano por la barba. Sus ojos se enturbiaron.

—El pequeño —respondió— vivió tan sólo cinco días. Se hallaba tan mal que nunca hubiera podido soportar este viaje. Pero no le hables de eso a tu madre. Todavía le resulta muy doloroso.

Matt le prometió callar. Desearía haber podido ocultar de un modo u otro la cuna antes de que ella la viera.

Inmóviles en la nieve, su padre puso una mano en el hombro de Matt.

—Has hecho el trabajo de un hombre, hijo mío —dijo— me siento orgulloso de ti.

Matt no fue capaz de hablar. Perdió el aliento sólo con pensar que hubiera podido marcharse con los indios, que hubiesen encontrado vacía la cabaña y descubierto que se confirmaban todos los temores de su madre. Jamás habría escuchado las palabras que su padre acababa de pronunciar. Y supo entonces que así tuvo que sentirse Attean cuando halló su *manitú* y se trocó en cazador.

Mientras su padre desataba los fardos del trineo, Matt los llevaba a la cabaña. Harina. Melaza. Una olla espléndida y nueva. Cobertores cálidos y de vivos colores. Y, por fortuna, botas nuevas para él, amén de una chaqueta de lana y de unos calzones. Se sintió más rico que Robinson Crusoe con todo lo que rescató del barco varado. Entonces advirtió que su padre tenía un nuevo fusil y, hurgando en el fardo de su madre, descubrió su viejo trabuco. No había duda de que había aprendido a emplearlo y también de que lo usaría en caso de ver amenazada a su familia. Sospechó que incluso Sarah, ya tan crecida, tampoco temería oprimir el gatillo de ser preciso. Bueno, ahora no sería necesario con dos hombres para cuidar de ellas.

En el interior de la cabaña, Sarah se afanaba con destreza en desempaquetar los platos de estaño y en sacar la pequeña lámpara de aceite de ballena que siempre había estado sobre la mesa de su casa de Quincy.

—Es el perro de aspecto más extraño que jamás vi —dijo—. No se acerca a nosotros.

—Es un perro indio —repuso Matt—. Recela de los blancos. Aguarda y verás cómo llega a gustarte.

No acababa de sorprenderse de lo mayor que parecía. Pero había conservado su viveza. Sus ojos chispeaban y Matt sospechó que para ella el largo viaje había sido simplemente una aventura. Debería haberle hecho un arco en vez de una muñeca y se lo haría a la primera oportunidad que tuviese.

Su madre se había despojado de la capa y el fuego había dado un cierto color a sus mejillas. Se mostró extasiada con el lugar. Si la cabaña se le antojó tosca y pequeña en comparación con la casa tan bonita que había abandonado, no lo denotó en un solo momento. Admiró todo: las mazorcas de maíz, las sartas de calabaza y los hermosos cuencos que había tallado.

—¡Cuánta comida! —dijo maravillada— y yo que temía que estuvieses muriéndote de hambre.

Se alegraba ahora de las veces en que había pasado hambre para guardar lo que pudiera hasta que ellos llegasen.

—Hay cecina para cenar —anunció—. Traté de no comer demasiada. Puedes hacer un buen guiso con eso y una calabaza pequeña. Claro que no vendría mal un poco de sal, si has traído algo.

Pero cuando se alejaba, su madre le detuvo y, poniéndole las manos en sus hombros, dijo:

—Aguarda un minuto. Quiero mirarte bien.

Tuvo que echar un poco hacia atrás la cabeza.

—Has cambiado, Matt. Ya eres casi tan alto como tu padre. Y estás terriblemente delgado. Tan moreno que te hubiera tomado por un indio.

—Estuve a punto de serlo —manifestó, abrazándole rápidamente para que viese que se trataba de una broma. Confiaba en que nunca supiera cuán cierto era lo que había respondido.

—Vamos a tener vecinos —anunció su madre mientras ponía al fuego la olla nueva—. Un hombre y su esposa han obtenido tierras a menos de cinco millas de aquí. Se quedarán en la factoría comercial hasta que llegue la primavera. Hemos acordado compartir con ellos un par de bueyes. Dijeron que vendrán también tres familias más. Van a montar un molino. Antes de que te des cuenta, habrá aquí un pueblo y quizás una escuela para vosotros.

Vecinos. Aquella era una palabra a la que le costaría acostumbrase. Matt suponía que debería alegrarse. Sí, desde luego se alegraba. Simplemente se trataba de que le hubiera gustado que todo siguiese en el bosque como hasta entonces. Con el júbilo que ahora sentía nadie hubiera podido pensar que le quedaba lugar para cualquier otro pensamiento. Pero incluso ahora, con su familia en la cabaña, llenando sus voces el largo silencio, aventadas todas las preocupaciones como humo por la chimenea, pensó de repente en los indios. Deseó que Attean y su abuelo pudieran haber sabido que hizo bien quedándose, que llegó su padre tal como prometió. Pero también tuvo razón el anciano. Arribaban más hombres blancos. Habría un pueblo aquí, en la tierra en donde los indios habían cazado el caribú y el castor. Si al menos pudiera estar seguro de que habían encontrado un nuevo territorio de caza...

Matt introdujo sus brazos en la nueva chaqueta y salió otra vez a la nieve. Tras él la cabaña brillaba, cálida y rebosante de vida. Ya brotaba el vapor de la nueva olla. Para la cena les haría uno de sus guisos especiales y ya no tendría que comer solo. Se sentarían todos en torno de la mesa e inclinarían sus cabezas mientras su padre daba la bendición.

Entonces les hablaría de Attean.

INDICE

ÍNDICE